或有問於予曰詩何爲而作也予應之曰人
生而靜天之性也感於物而動性之欲也夫
既有欲矣則不能無思既有思矣則不能無
言既有言矣則言之所不能盡而發於咨嗟
詠歎之餘者必有自然之音響節族_音_奏而不
能已焉此詩之所以作也曰然則其所以教
者何也曰詩者人心之感物而形於言之餘
也心之所感有邪正故言之所形有是非惟

U0132392

一本讀懂
增訂版
中國文學史

潘步釗　著

三聯書店（香港）有限公司

目錄

序言：**文學史與文學教育**　　　陳國球

前言：**始終是一種概括**

第一章　**燦爛的開始 ── 先秦文學**

　　　　韻文　　015

　　　　散文　　021

　　　　小結　　029

第二章　**最好與最壞的時代 ── 漢代文學**

　　　　韻文　　040

　　　　敍事散文　　046

　　　　文藝理論　　051

　　　　小結　　052

第三章　文學的自覺年代——魏晉南北朝文學

韻文　　063

散文　　072

小說　　076

小結　　078

第四章　集大成與開萬世——唐代文學

唐詩　　086

散文——古文運動　　102

傳奇小說　　105

佛學講唱——變文　　107

小結　　108

第五章　由雅入俗的轉折時期——宋代文學

詞　　117

宋詩　　127

散文——古文運動的完成　　131

話本小說　　134

諸宮調及雜劇　　135

小結　　136

第六章　時代的呼喊——元代文學

元曲　144

詩文小説　153

小結　154

第七章　追求個性解放的時代——明代文學

詩文　163

短篇小説　165

長篇小説　169

戲劇　176

小結　180

第八章　三千年的總結——清代文學

散文　189

小説　190

戲曲　198

詩詞　200

小結　202

附錄　歷代文學作品簡表

再版後記

序言：文學史與文學教育

　　「文學」在社會上有其非常獨特的存在模式。它游移於不同的空間，而不同的社群各自有其參與的途徑。它可能以一種「感覺」、「品味」、「素養」的形式存在於日常生活中；但它首先是一門知識。在傳統的世代，讀書人都嫻熟平仄對偶等詩藝，執筆成文之先早已都掌握章法氣脈之由。參與文學活動者，基本上可以由技進道，生活在文學之中。到了今天，雖然識字的人口遠比過去多，小孩子上學讀書，學會基本的聽講讀寫能力，但能夠成為文學家的畢竟還是少數；然而，學校還是要教我們欣賞好的文章，認識文學傳統中的經典作品。這是教育所理應包含的文化遭遞；由此，文化得以薪傳，現代不致與傳統斷裂。事實上，今天要吟詠性情，已不一定靠自己寫詩填詞；章法平仄，不再是必備的知識。大多數人都是通過閱讀欣賞文學作品，與作者同喜同悲、交感共鳴，而達致抒發性靈的效應。因此，如何引導對文學沒有

太深認識的讀者進入文學世界，是現今情意教育的一項重要工作，值得我們深思。

　　香港的中學語文教育，在上世紀七十年代中以前，沒有語言、文學的界分。不知是否因應時代「進化」，當時的教育界認為「文學」的諸多要求對「語言」學習有不良影響，於是更「科學化」地分成兩科，「語文」科為必修，「文學」科就留給那些對文學有特殊愛好的學生。這是香港「文學教育史」上有必要大書特書之事。「文學」列為專科以後，對專門知識或者要求較多；「文學史」作為知識考核的根據，非常配合以考試為終極目標的教育模式。其餘範文研讀，也悉以「文學史」上的定評為準，只需要牢牢記住前人的解說與品第，便可得佳績。於是「文學」科的「知識化」程度比「語文」科還要高，背誦標準答案成為讀「文學」的不二法門。這是「文學教育」的墮落。

　　其後，不少老師發覺讀「文學」科的人可以不讀文學而完成課程，「文學史」使得「文學」失蹤。於是，「文學」科改革就提出廢止課程上的「文學史」考卷，讓文學作品「前景化」。這個變革的動機無疑美意良善，但我卻不能同意。我當然了解很多「文學史」著作陳陳相因，敍述分析均依循套路、不出框架；但我認為這不過是寫不好的文學史。我相信，文學史應該與文學同在，閱讀文學作品如果離開了其傳統脈絡，很容易變成獵奇狩異；即便偶有所得，也如浮萍飛花，失重無根；這樣的「文學教育」，也與文化傳承的

理想漸行漸遠。因此，更多讀者因而不了解文學的發展。

從個人的經驗來說，我的中學教育中有多本文學史曾經發揮了很大的作用。中學三年級，我校老師指定趙聰的《中國文學史綱》為參考書。中學五年級，柳存仁的《中國文學史》是規定讀本。大學預科兩年，應試基礎是劉大杰的《中國文學發展史》；同時我因為心向現代文學，由王瑤的《中國新文學史稿》到司馬長風的《中國新文學史》，都是我的案頭書。除了王瑤一本於我比較難入手之外，其餘幾本其實對我走入文學之路都有助益。趙聰之作真的是去「作品」的文學史，全書沒有引錄一篇完整的作品；但敍述清暢，讀來像故事書。柳公行文比較艱深，但小說戲曲的介紹開人眼界。劉大杰則苞綜文史，視野開闊。司馬長風惟情惟我，敢評敢斷。從不同的文學史，我讀出許多興味，再覆按過去讀過的文學作品，原來凌波踏空的感受，就真切實在得多。我後來從文學批評研究轉進文學史書寫研究，更加體會文學史在文學教育中的定錨作用，讓人了解文學作品的內涵。

在香港社會看來已容不下「文學」的時候，於學校從事「文學教育」的有心人，有必要重新思考如何引領廣大的讀者進入文學的世界。潘步釗博士就是這樣的一位有心人，他願意為入門者編寫一本適合他們閱讀的文學史，透過心靈親歷，深入文化脈絡，將文學立體化。書中對中國文學的淵源流變以至整體特色有深刻的體會，例如討論《詩經》時指出：「其中留下來的『飢者歌其食，勞者歌其事』的抒情傳

統，就一直影響中國文學數千年來的發展。」論屈原提醒讀者注意《離騷》的「篤於抒情，纏綿悱惻」，「確立中國文學一種重要的傳統」。講《史記》：「不時流露和抒發作者司馬遷深摯的情感，產生了巨大的感動人心力量，一直以來在中國文學都佔有重要的藝術地位。」談論漢樂府詩，強調「感於哀樂，緣事而發」；論李清照則注意她「從很平凡瑣碎的日常生活中，用平實的語言，表達微妙幽渺的情思」。讀《牡丹亭》，深感「情到深處，傲視世俗，更傲視專制的明代文化思想」。這些閱讀，輒窮其趣，可謂中國文學的知音；這樣寫出來的文學史，一定不會是僵硬的死知識。尤其值得注意的是潘博士聯繫古今，把中國文學傳統與香港本土文學藝術連接的用心。他特別提出唐滌生編撰的粵劇，「遙遙承接了元明以來的戲曲文學」，以此說明其間的承傳「不獨是唸中國文學值得留意的地方，也是香港文學史上必須記的一筆」。讀者若能追隨這種眼光，抱着同樣的關懷，中國文學就再不會遙不可及；反之，字字關情，而我們都活在文學裏。

陳國球

香港教育學院人文學院院長、中國文學講座教授

2012 年 11 月 8 日於八仙嶺下

前言：始終是一種概括

一

　　構想寫這本書的時候，令我想起十多年前，擔任課程發展工作的日子。1999 年，我出任課程發展議會預科中國文學專責委員會主席，當時最主要的工作是要和各委員一起編訂和準備在 2003 年推出的新編預科中國文學課程。這是由理念到落實都有很多根本性改變和突破的課程，其中包括引入校本評核、文學創作與公開試成績掛鈎、刪去文學史考卷等眾多待解決的問題。那時候，情酣心熱，這些抱着推動文學教育良善意願的討論，今天回首，都如僧廬聽雨，點滴仍在心頭。當年的多次會議上，我們討論到許多難以回答的問題，其中關於文學史的就惱人纏人得很：學生要懂多少文學史才足夠？取消了考核文學史的專卷，馬上換來的擔憂是學生會否完全不懂、也不理會文學史！

二

　　我希望這本小書能幫助文學的入門者，特別是高中學生認識基本的中國文學史。近年推動文學和語文課程改革，社會變化，學生似乎愈行愈遠，學校的資源角力和生態變異，讓文學課程在許多掌聲中，變得落拓顛簸。文學之謂史，令學生、初接觸文學的人視作畏途，我一直在想能寫一本輕裝的文學小史，令本來不了解文學的人讀後，對中國古典文學發展有基本掌握，而這 —— 幾乎就是我寫這本書的全部意圖。

　　推動課程改革，揶揄冷語，多年來遇了不少。許多人熱心一陣，嘲諷兩句，就幾乎可以吹着口哨離開，留下來的仍是疊疊層層未解決的文學教育問題。言之者易，當之者難，財經當道的香港社會，唸文學在家長眼中是沒出息的選擇；我們走在繁華街道，擁擠的地鐵車廂，不管成年人還是少年人，人人低頭撥弄 iPad 屏幕，大家心裏都明白，李白、杜甫與現代人，何止只是物理時空遠隔千年。我輩青年讀劉大杰、胡雲翼、游國恩等人專書，今天大學中文系的學生稍能步趨，已經萬幸。我要求自己在七萬多字內勾勒中國古典文學的發展圖貌，令一般讀者「啃得下」，不迴避，朋友多謂難矣哉。我不識嘲諷，只求努力以赴，現在書成，如果真能有助一二入門者較容易掌握文學史基礎，好待日後探首國學門牆，鋪下片石之藉，我於願已足。

因為這種前設和現實限制，本書的寫法和一般文學史不同，筆法淺易、少搬弄艱深術語和理論，限於篇幅，作品印證也不能太多，許多問題點到即止。例如談「大團圓結局」，本來並不是片言隻語可斷，讀元明不同版本的《趙氏孤兒》劇本，就發現「大團圓結局」的觀念，在中國古代是有發展變化的，可是在書中，我只會輕描淡寫道出其作為中國敘事文學特色，讓讀者大概掌握而已。更多注意的，反而是我在前線教學時，發現入門者學習中國文學時常見的一些困難和誤解，稍加點撥，既助讀者理解，也使其更能準確掌握中國古典文學的特質。

三

此書作為一部文學史，縱然只是以「史綱」，或者「史略」的形式寫成，但「史觀」仍必須存在。這種表達，也應該是編寫者的野心和樂趣所在。文學史最容易襲用套語定說，本來能夠把千頭萬緒的文學發展過程，籠統概括地描述出來，會較容易令入門者如中學生所掌握，不過，這又恰恰是寫文學史最大的陷阱。過去多年的語文、歷史和文學等科目的教科書，就因為這樣，變得把文史哲平面化。回頭再說文學，我知道這是寫這本書的兩難，太複雜，入門者跟不上；太概括，見林而不見樹，也模糊了真貌。對於文學史的編寫者，如何取捨材料，恰恰就是史觀的表達。因為篇幅和

深度要求所限，書中許多材料和問題都略過，有時利用「中國文學百科」的部分作補充，有時又借延伸研習的建議以增潤。不過，萬轉千迴，卻始終是一種概括，我只希望初接觸文學的人在框內，意識到有框外，產生了基本認知和興趣，就快樂地去追尋。例如我在書中對明代初年的詩文頗多貶語，可是如果我們仔細認真去讀，一樣可以發現像「白下有山皆繞郭，清明無客不思家」（高啟《清明呈館中諸公》）的清麗佳句。如果學生都產生這種追尋的興趣，中國文學，又何愁後繼無人！

　　雖然現代人受西方文論影響，喜歡將作品獨立於作者和作者所處的時代與歷史，我卻認為這只是閱讀的一種方法，不是學習和全面掌握知識的必經之途。讀中國文學的許多作品，不知人論世是體會不到其中真味的，弔詭的是，如何設身處地投入古人的社會環境，恰恰又是現代年青人讀中國文學的最大困難。不要說二三千年前的春秋亂世，就是百年前的新文學作家，國難當前，拋頭顱灑熱血，也一樣不易為今天迷失在國民教育面前的年青人所真正理解。所以，文學與民族的身世血肉相連，讀先秦諸子散文而不知當世天下大亂，人心動盪，怎會為時代與思想的互生互發而驚歎？不識後主之身世，怎領略「林花謝了春紅，太匆匆，無奈朝來寒雨晚來風」的人生困頓？沒有宋明理學的重重牢縛，怎讀得出、聽得見明代人「一生愛好是天然，三春好處無人見」的時代呼聲？

我在書中，希望初接觸文學的讀者讀中國文學的過程中，也同時認識中國的歷史和文化。因此文學作品和作家之外，我着重簡單寫出各朝代的文學觀念，抓住源流發展的脈絡和因果，讓讀者更立體真實地認識中國文學。過程中，他們就會明白中國文化、歷史、思想等，原來是緊緊地連繫在一起，如何走過三千年，來到今天。古典文學，是文學發展的一個階段，是現當代文學發展的源頭，所以我會指出周作人說明代小品啟發了五四新文學的散文，唐滌生的粵劇劇本遙接傳統戲曲文學，現代小說作家更受到如《紅樓夢》等傳統經典的重要影響。更重要的是，古典文學寶庫中藏金裏玉，我輩身為中國人應該珍惜尊重，懂得欣賞享受。

四

　　坦白說，要在短小篇幅內寫三千年中國文學，不但困難，也常感沒趣。用口語說，是「唔夠過癮」！舉例不能多，也無法深入分析，一些地位稍次的作品都不能提，這些都是編寫過程中不斷被打擊的經驗。然而十多年過去了，文學教育在香港，仍走在顛簸如懸的風雨之中，我輩要求中學生對中國文學史有起碼的認識，竟似乎成為一種貪念和妄想。資訊科技早已顛倒了現實世界的一切時空，讀文學，還何須有「史」的考慮，尤其是這蒼老的中國文學？真應如此？這樣的盛世強音，在文學世界內外，無論從理論或者創

作實踐中，都找到愈來愈多的迴蕩空間，我不以為然，更深以為憂。當年為減去過長的考時、鼓勵學生多讀第一手原作原文，文學史專卷才以另類身影，在作品評賞的過程中展現 —— 讀中國文學而不認識中國文學史，我從來不贊成。只是在這滿城爭說年青一輩，不會再為中華文化而牽情的時代，我仍願與同途有心有識之士，一起推開一扇困狹的窗子，讓中國文學仍然為人所探首相看、低迴感動。

最後，感謝三聯書店林灃珊小姐和梁偉基先生在出版過程中的幫忙；校內龍紜嫻和陳宛溶兩位中四級同學協助試讀初稿，讓我更準確掌握文學的入門者在閱讀本書時的困難；女兒若翩捧讀草稿時，流露熱切追看之情，叫我更相信文學史在荒涼的商業社會裏，仍必有傳下去的理由。當然最要感激賜序的陳國球教授，陳教授是我在浸會中文系唸書時的老師，多年來師友相期，我當然心領神會。有真學問的權威學者，難得是對文學和文學教育更有真關情。寫作本書過程中，得到他的提點和鼓勵，我一直感激。時代縱使再數碼和財經，我相信，藝術的神思和胸襟仍然廣闊無垠，讓喜愛和關懷中國文學的人，相忘於江湖，也相知相重於江湖！

2012 年 11 月

第一章

燦爛的開始 ——先秦文學

所謂先秦，是指秦始皇（公元前 259－公元前 210）統一中國以前。一般中國文學史所言的先秦，大抵都是指春秋中後期到戰國時代的數百年，這時候其實還是周朝。周天子仍在，只是大權旁落於諸侯，優秀的文學作品，都在各諸侯封國後出現。如果不斷向上推溯，神話傳說、口頭民歌、甲骨卜辭等都應該計算在內。先秦文學以詩歌和散文為主。詩歌是《詩經》和《楚辭》，散文則分說理和史傳兩大類別，各有傑出成就。

　　中國文學的開始，以《詩經》和《楚辭》為起點，戲劇在先秦時代無甚可述，文學意義上的小說作品，在先秦時代也沒有，只有散文中一些首尾完整和富吸引力的故事。不過在這時候，神話傳說卻出現了兩部重要的作品：《山海經》和《穆天子傳》。《穆天子傳》一書，於晉武帝司馬炎（236－290）時代出土，被視作神話，但對古代史研究很有價值，也標誌着中國小說脫胎於史書的特點。至於《山海經》，則在司馬遷（公元前 145？－公元前 87？）《史記》始見此書名字，作者是誰，至今並無定論。

　　在此之前，流傳不少神話，有很強的文學性，也反映中國文化的某些特點。粗略而言，神話在中國文學有一定的地位和影響，除了反映初民與大自然的相處和豐富的想像力之外，後世不少文學作品的題材和典故，都從神話直接繼承吸取；對自然事物形象化的敘事形式，亦影響了中國文學的發展。

中國儒家思想強調「不語怪力亂神」，所以神話的流傳不多，也缺乏系統的整理。這也是讀中國文學要認識的一點，就是強調文學作品的現實作用。清代顧炎武（1613－1682）在《日知錄》卷十九說：「文之不可絕於天地間者，曰明道也，紀政事也，察民隱也，樂道人之善也。若此者，有益於天下，有益於將來。多一篇，多一篇之益矣。」這種實用主義影響了中國文學數千年，也令神話在後來沒有很大的發展，更加缺乏系統性的整理和研究，與西方文學比較，兩者在此方面大相逕庭。

韻文

《詩經》

《詩經》是中國第一部詩歌總集。中國被稱為「詩的國度」，數千年的文學史，詩歌一直是每一個朝代的主要文體，也絕少中國文學史上的作家不寫詩，即使是所謂以戲曲小說為「一代之文學」的元明清時代，優秀文人如湯顯祖等，最主要的創作體裁仍是詩文，只是他們的傳世作品中，藝術成就較高的是小說和戲曲而已。

《詩經》由西周初年至春秋中葉，共收詩歌 305 篇，包括十五「國風」，共 160 篇；「雅」分大、小雅，共 105 篇；「頌」分周、魯、商，共 40 篇，所以概括而言，就有所謂

「詩三百」的說法。詩經作品分為風、雅、頌，主要是從音樂來分。十五國風，就是各國不同的聲調，富有地方色彩；雅是「正」的意思，是王朝直接統治地區的音樂；頌則有形容的意思，是用於宗廟祭祀的樂歌。句式上，《詩經》以四言為主，間中有五言和雜言。

《詩經》開啟中國文學的數千年大道，影響甚大，其中留下來的「飢者歌其食，勞者歌其事」的抒情傳統，就一直影響中國文學數千年來的發展。舉一節典型的作品為例子：

> 碩鼠碩鼠，無食我黍！三歲貫女，莫我肯顧。逝將去女，適彼樂土。樂土樂土，爰得我所。
>
> （《魏風‧碩鼠》）

這首詩以碩鼠（大老鼠）為比喻，諷刺、批判官吏殘民以自肥。當中的四字句、「疊句」和比喻的運用，是《詩經》作品常見的藝術特點，對當政者的諷刺更是《詩經》作品的常見主題。數百首《詩經》作品中，留下佳句甚多，今天仍廣為流傳，甚至融入日常用語之中，例如：

> 窈窕淑女，君子好逑。　　（《周南‧關雎》）
>
> 執子之手，與子偕老。　　（《邶風‧擊鼓》）
>
> 知我者謂我心憂，不知我者謂我何求。
>
> （《王風‧黍離》）

蒹葭蒼蒼，白露為霜。所謂伊人，在水一方。

溯洄從之，道阻且長。溯游從之，宛在水中央。

（《秦風・蒹葭》）

昔我往矣，楊柳依依。今我來思，雨雪霏霏。

（《小雅・采薇》）

這些佳句名篇，是中國詩歌的第一批藝術傑作，對中國文學和文化都影響深遠，甚具意義和價值。談《詩經》，先要知道「六義」，就是「風雅頌賦比興」。上文說了「風雅頌」，而「賦比興」則是詩經的作法和技巧。由漢代經學家鄭玄（127－200）開始，就有人不斷為「賦比興」下註腳，今天較多人接受的是朱熹（1130－1200）在《詩集傳》的說法：

賦者，敷陳其事而直言之者也；比者，以彼物比此物也；興者，先言他物以引起所詠之詞也。

簡單說，「賦」是陳述鋪敍；「比」是比喻；「興」是借助其他事物以引起作品主題，這種說法基本上成為後世的主流。《詩經》作為開中國文學之先的詩歌作品集，對後世文學的影響主要有三方面：一是它本身留下了很多優美的詩句和意境，是中國文學作品的重要遺產；二是建立了「溫柔敦厚」的詩教傳統；三是中國很多詩詞傳統，從形式到內容思

想，都可以上溯到詩經的詩句。

有些人，例如游國恩（1899－1978）編的《中國文學史》，曾批評「雅詩」和「頌詩」造就了廟堂文學和宮廷文學，以歌頌和稱讚為主要內容和目的，這看法有些褊狹。反過來看，《詩經》之重要，正是它在多方面影響了中國文學發展的路向。文學，即或其他藝術也一樣，要營造多元開放的局面，才可造就偉大作品的出現，中國文學之有宮廷文學，本來就平常，何況當中珠玉與糟粕並存，只要讀者分得出優劣，文學發展的過程中，自會選擇，問題不大。後世儒學當道，將《詩經》作經學處理，令其成為儒家思想的註腳，重視實用性的考慮，文學性質被輕視了，才出現偏離了藝術本身去評價。這一點是後世，以至今天讀《詩經》時，最要弄清的一點。

屈原與《楚辭》

屈原（公元前 340？－公元前 278）是中國文學史上第一位留下具體名字的作家，《詩經》以風格思想、反映民心為主，像一個時期的共同產物，一種集體的文學成就，當中大部分並不突出個人，所以絕大部分作品沒有作者名字；《楚辭》則剛好相反，屈原幾乎就佔去大半的《楚辭》成分，屈原這個體，代表着《楚辭》的最高成就，也代表着中國古代文學中的個人創作，在先秦時期已經相當值得重視。

欣賞屈原的作品，要先認識屈原的生平。屈原，名平。根據《離騷》自敍，應生於公元前 343 年。曾得楚懷王（公元前 355？－公元前 296）所信任，後來被讒去職，更被放逐於漢北（今湖北省境內）。懷王後來召回屈原使齊。懷王欲入秦，屈原諫懷王勿行，懷王不聽，終死於秦。頃襄王（生卒不詳）又將屈原放逐於江南。屈原在江南飄泊多年，最後北行，投長沙汨羅江而死，大約活了六十五歲。

「楚辭」一語，來自東漢時期王逸（生卒不詳）所編《楚辭章句》一書，除了屈原，書中還收錄了宋玉（公元前 298－公元前 222？）、賈誼（公元前 200－公元前 168）等人仿效屈原而寫成的作品。這些人的文學成就都很高，不過對後世文學影響最深遠的仍是屈原。至於《楚辭》，北宋黃伯思（1079－1118）在《翼騷序》的一段話最能概括道出其特色：「屈、宋諸騷，皆書楚語，作楚聲，紀楚地，名楚物，故謂之楚辭。」

屈原最重要的作品是《離騷》，全詩共 370 多句，2400 多字，是中國古代最長的抒情詩。「離騷」兩字，歷來解說不一，引來甚多學術討論，簡言之，則為「遭逢憂難」之意，大抵不錯。

古人欣賞《離騷》，主要在「篤於抒情，纏綿悱惻」，這是屈原為中國文學建立的一種重要美學本質，需要留意。所謂「美在深情」，能抒情的先秦作品當然不止屈原之作，但屈原深情婉轉，寫來驚采絕艷，確立中國文學一種重要的

傳統。《離騷》主要表現作者對崇高理想的不捨追求，採用大量的神話傳說，想像成分極其濃厚，以誇張手法結合強烈的抒情風格，成為極具藝術特色的作品。列引開首一段，以見其特色：

紛吾既有此內美兮，又重之以修能。扈江離與辟芷兮，紉秋蘭以為佩。

汩余若將不及兮，恐年歲之不吾與。朝搴阰之木蘭兮，夕攬中洲之宿莽。

日月忽其不淹兮，春與秋其代序。惟草木之零落兮，恐美人之遲暮。

不撫壯而棄穢兮，何不改乎此度。乘騏驥以馳騁兮，來吾道夫先路！

屈原作品，表達一種強烈追求，唯恐不及的情感。這一段感歎惶恐於歲月匆匆流走，「日月忽淹」、「草木零落」、「美人遲暮」，都在說自己年華老去，無法建立功業的心情。除了流露強烈的抒情氣氛，也與傳統儒家思想「惴惴如履薄冰」、「立功不朽」等精神相通，所以歷來都受到傳統文人喜愛和接受，屈原也就成了愛國詩人的典型。

屈原作品，除了強烈的愛國精神，一般都帶着濃烈的感情，好用新奇誇張的想像和比擬，愛用美人芳草比喻君子賢臣，俗鳥臭草比喻小人奸佞，所謂「美在深情」，成為中

國文學浪漫主義的源頭，產生極強的藝術感染力。

除了《離騷》，屈原的其他作品都有崇高的藝術成就，其中包括《九章》、《九歌》和《天問》等。《九章》非一時一地之作，分別為《惜誦》、《涉江》、《哀郢》、《抽思》、《懷沙》、《思美人》、《惜往日》、《橘頌》、《悲回風》。「章」為篇章之意，所寫的多是兩次流放期間的生活和情感。因為形式、內容相近似，後人遂集以為組詩，大概到了劉向（公元前 77－公元前 6）編輯《楚辭》時，總題為《九章》。《九歌》是屈原所寫的楚地民間祭神歌，頗能反映楚地巫風，下筆充滿感情和想像，甚具特色。

散文

先秦散文分為說理和敍事兩大類別。「散文」一詞，是相對於韻文而言，在先秦時期，主要內容不外闡述政治倫理和記載歷史兩類。這時候王官失守，文化下移，貴族以外的平民百姓也有學習知識的機會，出現士的階層。文化上百家爭鳴，政治社會上卻充斥戰亂。這些都令說理散文變得蓬勃，亂世中，有識之士都希望提出經世治天下的政治哲學，內在又建立安身立命的生命哲學，於是出現了百家爭鳴的時代，令說理議論散文達到中國文化發展史上，後來再無法達到的巔峰。

説理散文

　　經歷先秦時期，中國哲學、倫理、政治學及邏輯學俱達高峰，可惜在漢代獨尊儒學之後，慢慢變得黯淡，這是中國文明發展的關鍵轉折，內裏固然有文化理由，不過在先秦之後，這種百花齊放的思想局面和表達形態，再沒有在往後的二千多年中國歷史中出現過，實在令人歎息。本書以文學為主題，諸子散文在文學成就方面，巧譬善喻、鋪張揚厲，以打動人和說服人為簡單而清楚的目標，因此展現着豐富多姿、璀璨奪目的光彩。先秦說理散文可分為三個時期。

第一階段：《論語》、《墨子》

　　第一階段的代表作品是《論語》和《墨子》。《論語》是純粹的語錄體，主要是孔子（公元前 551－公元前 479）弟子及再傳弟子所記，並非出於一人之手。《漢書》作者班固（32－92）說：「當時弟子各有所記，夫子既卒，門人相與輯而論纂，故謂之《論語》。」《論語》所記的思想核心是「仁」，文學角度言，此書最大的藝術特點是「語言淺近，言簡意賅」，簡短的對答往往包含複雜深刻的思想道理，達到語言簡練，但含意深遠的效果。部分章節如「弟子侍坐章」等，描寫生動傳神，甚受推崇。

　　　　鼓瑟希，鏗爾，舍瑟而作。對曰：「異乎三子者之

撰。」子曰：「何傷乎？亦各言其志也。」曰：「暮春者，春服既成，冠者五六人，童子六七人，浴乎沂，風乎舞雩，詠而歸。」夫子喟然歎曰：「吾與點也。」

筆墨不多，卻將人物（曾晢）的形象和一幅春日和樂郊遊的圖畫，具象描劃出來，充分反映了《論語》有很強的文學性。

墨子（公元前 468？－公元前 376？）和孔子一樣，也是魯國人，時代比孔子略後，梁啟超（1873－1929）認為他約生於孔子死後十餘年。《墨子》一書也是弟子所記，文筆質樸，不重文采，可是邏輯性很強，對孔子學說多有攻訐。墨子的文章，語言實而不華，但善用具體事例說理，令讀者一看即懂，思路明確清晰，富有說服力。

第二階段：《孟子》、《莊子》

第二階段的代表作品是《孟子》和《莊子》。《孟子》一書雖也是語錄體，但從行文和《史記》記載，已可見孟子（公元前 372－公元前 289）自己也參與了寫作。全書的中心思想是「仁義」，是孔子學說的繼承和發展。寫作的最大特點是「氣勢充沛，感情強烈」，例如他罵告子：「率天下之人而禍仁義者，必子之言夫！」絕無轉圜的表達方法，形成他雄辯滔滔的文章風格。後世人常喜歡說孟子文章筆鋒帶感情，唐代韓愈（768－824）自言最受孟子影響，對於唐宋

古文運動，孟子的影響也最大。《孟子》文章的吸引和感染力，也在善設機巧和取譬精當。且引一小節作例子：

> 告子曰：「性猶杞柳也；義猶桮棬也。以人性為仁義，猶以杞柳為桮棬。」孟子曰：「子能順杞柳之性而以為桮棬乎？將戕賊杞柳而後以為桮棬也？如將戕賊杞柳而以為桮棬，則亦將戕賊人以為仁義與？率天下之人而禍仁義者，必子之言夫！」

說人性本有善端，孟子能以日常事物作譬喻，說理深入淺出，語言有力，對後世論辯文章影響很大。

《莊子》則公認是先秦諸子散文中最具文學性的一家。莊子（公元前 369？－公元前 286），名周，與孟子同時期。莊子散文極富想像力，在文中少直接議論，而是利用寓言故事和事物形象等種種敍述和描繪，把抽象的現象道理，通過具體的物象表達。莊子筆下，有大得「不知其幾千里也」的巨鵬，也有小得不可再小的「塵埃」；再加上多用韻，在先秦諸子文章中也是最具音樂性的。以下是《逍遙遊》首段，寫魚化為鯤，再化為大鵬鳥，可以逍遙遠飛，比喻精神的絕對自由，其中用了很多誇張和具象手法來表達，文學色彩濃厚。

> 北冥有魚，其名為鯤。鯤之大，不知其幾千里

也。化而為鳥，其名為鵬。鵬之背，不知其幾千里也；怒而飛，其翼若垂天之雲。是鳥也，海運則將徙於南冥。南冥者，天池也。齊諧者，志怪者也。諧之言曰：「鵬之徙於南冥也，水擊三千里，摶扶搖而上者九萬里，去以六月息者也。」野馬也，塵埃也，生物之以息相吹也。天之蒼蒼，其正色邪？其遠而無所至極邪？其視下也，亦若是則已矣。

第三階段：《荀子》、《韓非子》

第三階段的代表作品是《荀子》和《韓非子》。這時，散文的篇幅已變得較長，風格亦縱恣開揚，成為完全的專題式議論文。荀子（公元前 316？－公元前 237？）雖出於儒家，但行文與孟子很不相同，不重浩瀚蓬勃的氣勢，反而以綿密嚴謹，論點明確有層次，成為先秦諸子散文的一路奇軍，而且開拓了後來議論縱橫的韓非（公元前 280？－公元前 233？）的寫作方向。

韓非和李斯（？－公元前 208）同受學於荀子，是法家的集大成人物，也是整個先秦說理散文的集大成者。韓非的文章議論透闢、分析獨到、詞鋒銳利，對欲辯者的心理掌握投合，又善於設譬，引用大量寓言和歷史事件幫助說明議論。可以說，除了莊子的誇張恣肆，先秦諸子散文中，大部分的特點和成就，在韓非散文中都可以見到，而且被成功地運用出來。我們舉「自相矛盾」的故事為例：

人有鬻矛與楯者，譽其楯之堅，物莫能陷也。俄而又譽其矛曰：「吾矛之利，物無不陷也。」人應之曰：「以子之矛，陷子之楯，何如？」其人弗能應也。以為不可陷之楯，與無不陷之矛，為名不可兩立也。

短短數十字，將一個其實抽象得難以解說的事理邏輯，明白清楚地說出，讀者一看就明白理解。所謂舉重若輕，正是這個意思。

先秦散文運用譬喻和寓言故事說理明事的技巧，在世界文學史上也是罕見的。可以說，這批聰明絕頂的思想家、史學家和文學家，運用譬喻已到了「無事不可入，無理不可說」的境界。像上引韓非的「自相矛盾」，把複雜難言的自然物理現象淺近帶出，然後扣住現實世界，這種舉重若輕的處理，非大家不可以做到。又例如他在《定法》中要指出「術」和「法」兩者一樣重要，不能強說哪一項更重要，就以人的「衣食」為例：

人不食十日則死；大寒之隆，不衣亦死。謂之衣食孰急於人，則是不可一無也，皆養生之具也。

簡單舉例，要說的道理馬上變得曉達易明，而且甚有說服力。章學誠（1738－1801）在其《文史通義‧詩教上》中說，「戰國之文，深於比興，即其深於取象者也」，可謂

一語中的。這是先秦說理散文的重要藝術特點和成就，也影響了數千年來中國古典文學說理敍事的方法。

歷史散文

除了說理散文，歷史散文也是這時期的重要成就。歷史散文有時也稱「敍事散文」，在先秦時期重要的作品，包括《尚書》、《春秋》、《左傳》、《國語》及《戰國策》，其中當以《左傳》及《戰國策》為最傑出，影響後世文學最大。

《尚書》與《春秋》

《尚書》主要記載虞夏商周各朝的文獻，可以說是先秦散文的開始，後世常批評其「古奧難讀」，但其實亦自有層次筆法，對後來的散文發展有一定影響。

《春秋》是魯國的編年史，曾經孔子修訂。全書極簡括地記載了周王朝、魯國及其他諸侯國的歷史事件。所載時期由魯隱公元年（公元前 722），至魯哀公十四年（公元前 481），凡 241 年。全書雖然記言十分簡單，類似今天報紙的新聞標題，但常隱含着孔子的政治主張和觀念，寓有批評褒貶，因此有所謂「微言大義」。常引用的例子是「趙盾弒其君」、「鄭伯克段于鄢」等著名片段。「弒」字表現了趙盾是以臣殺君；「克」就暗寓鄭莊公與共叔段爭權奪位，只是戰勝，而不存任何道德公義，所以不用「誅」、「伐」等字眼。

所謂「寓褒貶」、「微言大義」就是這個意思。

《國語》

《國語》則分別記載周王朝及各國的事件，以國為別，是中國第一部國別史，由於主要記言，因此名為《國語》。所記時期由周穆王（生卒不詳）始，終於魯悼公（？－公元前 437）。因為司馬遷在《史記》說，「左丘失明，厥有《國語》」，後人遂有以此認為作者是左丘明（公元前 556？－公元前 451？），不過旁證不多，考之於書中內容和行文風格，只能推定作者是戰國初期一位熟悉當時歷史掌故的文人。

《戰國策》

《戰國策》，雜採各國史料編纂而成，也是一部國別史，初名《國策》或《國事》，到西漢劉向（公元前 77－公元前 6）重加整理，才定名為《戰國策》。書的基本內容是戰國時代謀臣策士的權謀和說辭，在這些游說和議論過程中，記載了很多寓言和比喻，有趣而富哲理，生動刻畫其中的人物形象；誇張機智，常有感情洋溢、氣勢充沛的行文，在文學史上有一定的價值。其中如「馮諼客孟嘗君」、「鄒忌諷齊王納諫」等故事，皆是盛傳千古的妙筆。此書作者不可考，後人多以為當時策士擬託之篇章，因此對作為歷史參考的價值有所保留，惟是文學價值很高。漢代司馬遷寫《史記》，從《戰國策》吸取的材料甚多。此書長於記言，影響

後來敍事之文甚深，滔滔言辯亦直開漢賦鋪張揚厲、主客答問等風格和形式。

《左傳》

《左傳》是先秦敍事散文中，藝術成就最高的一部。它不但是歷史著作，也是極其成功的文學作品。首先，是駕馭語言的技巧，《左傳》最善於以小馭大，以簡要的言語，描寫出紛繁複雜的事件，因此書中寫到的幾場戰爭，都敍述得完整翔實，有條不紊，是史傳文學中的名篇，例如《鞍之戰》、《曹劌論戰》等。其次是善於描寫人物生動形象，特別是通過人物的言行，細緻刻畫，卻又深刻準確無比。例如《燭之武退秦師》一段。文辭優美，引用到的行人之辭，更加是道理充實，辭采動人。另一方面，此書承《春秋》史筆精神，因此觀點鮮明，筆鋒寓有褒貶，在寫法和內容上，都飽含作者的情感理念，與文學作品無異。

中國古典小說和戲劇在先秦時代當然仍未正式發展，不過幾部歷史散文的出現，卻成為重要的源頭。不單是敍事文學的形式體裁，更重要的是，大批的故事題材積貯在這些歷史著作中，成為後世戲曲小說取之不竭的淵藪。

小結

總結而言，先秦是中國文學史燦爛的開始，為後世數

千年文學發展提供了基礎和可能，不論從體裁、題材和形式技巧上，都建立了發展的憑藉。以詩歌為例，四言為主的形式，最終並不是中國古典文學詩歌的主要形式，可是當中「言志」、「溫柔敦厚」和「賦比興」等手法和詩歌觀念，卻相當深遠地影響中國詩的發展。《詩大序》中說：「詩者，志之所之也。在心為志，發言為詩，情動於中而形於言。」這成為後世數千年文人所恪守的文學理論；「賦比興」，基本上成為漢代以後詩歌表現手法的一種總結式指謂，成為理解中國詩歌技巧的常用方法，對中國文學影響深遠。

此外，屈原以濃重筆墨和感情寫成的作品，成為中國文學中浪漫主義一路的始祖，其中流露的憂國憂民思想，更成為中華文化重要的藝術情感，歷代仰首追隨，不但影響文學發展，甚至成為節日習俗的追思對象。至於中國古代散文，數千年發展中主要有三大階段：分別是先秦諸子、唐宋古文和明清小品。先秦諸子散文是起點，不但成為古典散文的重要源流，直接影響後來唐宋古文的內容形式，而其中多不勝數的寓言故事，也變成文學作品中重要的材料和養分，不少典故或故事，都在此中找尋得到。

▶ **詩言志**——詩論基本概念

　　《尚書》說:「詩言志,歌永言。」《詩大序》更清楚地說:「詩者,志之所之也,在心為志,發言為詩。」意思是指詩歌的主要作用在於抒情言志,要表達和抒發人的內心感情。這是中國古代詩論最基本的觀念,也是最早的觀念,影響整個中國文學往後,由創作到批評理論的發展。

▶ **思無邪**——尚善的中國文學

　　中國文學自先秦以來,就強調「善」。孔子說過:「詩三百,一言以蔽之,曰:『思無邪。』」所謂「思無邪」,就是「善」,所以「尚善」是中國文學由創作到欣賞中重要美學的特點。孔子論《韶》樂時說:「盡美矣,又盡善也。」所以由孔子以來,這種「勸善」、追求符合善的準則,是中國文學的明顯態度。

中國文學作品強調善惡報應，歌頌忠孝節烈的儒家仁義精神。對於文人作者，要求具有高尚人格，作品講究追求美好的理想。如果與西方文學相比較，西方文學強調「模仿說」，是「尚真」，兩者是有分別的。

▶ 溫柔敦厚詩教也──追求含蓄美

儒家思想對文學藝術的影響，亦見之於重視「含蓄美」的美學特點。《禮記》「溫柔敦厚，詩教也」的說法，奠定了中國文學不強調激烈直接的風格，除了規定詩歌諷諫的社會作用，也指出必須以禮義來規範。在創作的藝術準則上，也漸漸形成了「言有盡而意無窮」、「意在言外」的含蓄美學風格。基本意思是作者不直接地把意思和情感說出說盡，而是借藝術形象或描繪的情境，需讀者聯想咀嚼，才可領略體會。例如李商隱《登樂遊原》：「夕陽無限好，只是近黃昏。」詩人寫

的是眼前落日的黃昏，讀者卻可有
無窮的體會聯想。講究含蓄表達，
是中國文學的重要特點。

▍浪漫主義與現實主義

　　討論中國文學的人，喜歡從
浪漫主義和現實主義來分析《詩
經》和《楚辭》，並以之作為中國
文學發展的兩大源流和系統。中
國文學本身並沒有「浪漫」和「現
實」的說法，「浪漫主義」是英文
「romanticism」的中譯，這種由西方
文學觀念或術語而影響的中國文學
觀念，我們需要小心。它一方面可
以幫助我們理解和掌握中國文學，
但如果過分地生搬硬套，變成理念
先行，就會出現誤解和歪曲。例如
「悲劇」一詞，在中國古典戲曲理論
文獻中沒有出現，可是這並不代表
中國沒有悲劇。二十世紀前半期，
許多學者就強把亞里士多德解說希
臘悲劇的定義來硬套，偏離了中國

戲曲有意義的研究，徒勞無功之
餘，對理解中國戲劇也無甚幫助。

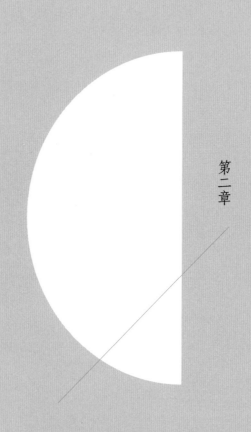

第二章

最好與最壞的時代——漢代文學

公元前二百多年，秦始皇逐步消滅六國，統一天下，是中國歷史上影響深遠的事情。這是中國第一次出現大一統，政治經濟、文物制度等各方面都因為政治的統一、地域的互通無阻，而得到重大的發展。文學作為文化生活的重要反映，當然也不例外。

秦代國祚只有十五年，劉氏取之而立漢。漢代初年，國力鼎盛，四夷驚服，兩漢文學，也是一時稱盛。兩漢是指西漢和東漢。西漢以長安為首都，後來光武帝劉秀（公元前5－57）滅王莽（公元前45－23），將帝都遷往東面的洛陽，所以此時期叫東漢。

秦代國祚短促，思想和文化都受到箝制，文學成就本不足談，不過仍有一人一書值得注意。一人，是李斯（公元前284－公元前208）；一書，是《呂氏春秋》。李斯，和韓非同是荀子的學生，秦代著名政治家。他最重要的傳世作品是《諫逐客書》，這篇文章以開門見山的立論手法，由縷述歷史到分析當下，說明秦王應該重用客卿，寫來生動多姿，說服力甚強，可說是秦代的第一文章。至於《呂氏春秋》，是呂不韋（公元前290？－公元前235）召集門下食客集體創作的書。此書取材甚廣，包含春秋戰國各思想家派，亦有自己的完整體系，其中一些故事和寓言，例如「刻舟求劍」、「疑鄰竊斧」等，都有趣味哲理，頗具文學意味，流傳後世不衰。

到了漢代初年，政治承平，加上文景二帝推行黃老之

治，因此度過了六七十年休養生息的時期，思想亦相對地比較開放。直到漢武帝（公元前 156－公元前 87）即位，情況才有轉變。漢武帝最重要的思想政策是「罷黜百家，獨尊儒術」，這對於中國古典文學，以至整個中國文化思想的發展，影響深遠，是西漢文化思想的第一大事。

漢代文學，在中國文學發展最重要的意義，在於表現出一種擺脫學術而走向獨立的趨勢。南朝劉宋時期的范曄（398－445）寫《後漢書》，在《儒林傳》之外設《文苑傳》，也反映了中國文學由上古走向中古的轉折時期，文學和學術漸漸獨立分離的現象。

諸家之中，以王充（27－97？）的文學觀點最為進步，他畢生精力盡在《論衡》一書。書的要旨在「疾虛妄」三字，他提倡真美，認為文學語言應當通俗易懂，這與比他稍早期，認為文必艱深的揚雄（公元前 53－18）大不相同。不過，王充在文學觀念發展上，提出「今勝於古」的文學觀，對於魏晉時期出現文學自覺的年代，產生了推動的作用。

作家方面，兩漢開始出現許多重要的名字。以司馬相如（公元前 179？－公元前 117）為例，他是漢代最重要的文人之一，也是繼屈原之後，甚至比屈原「純度」更高的作家，更集中以「作家」形象留名後世。所謂「西漢文章兩司馬」，司馬相如之外，當然還有司馬遷，我們在下面會分別談到。

韻文

漢賦

漢初，最重要的文學成就是辭賦和散文。先談辭賦，後世人以「漢賦」為漢朝的代表文學。這種文體最先大抵形成於戰國後期，是一種以韻語為主，但又是韻散兼用、半詩半文的文體。

漢賦的特色

漢賦，是繼承《楚辭》以來的騷體傳統，可是再沒有屈原那份強烈的感情，而是較流於形式主義，重視了華美富麗的辭藻。賦是籠統的説法，其實自先秦而至兩宋，賦有很多的變化，由大賦至抒情小賦，中間有一段很漫長的發展過程。漢賦，形式上是半詩半文，不過詩的成分減少了，散文的成分增多了；抒情的成分減少了，詠物敍事的成分增多了。從淵源看，這同時繼承《詩經》中「賦」的手法，也吸取了荀子《賦》篇和《戰國策》的鋪張誇大的文風。劉勰（465？－？）的《文心雕龍‧詮賦》説得清楚：「賦者鋪也，鋪采摛文，體物寫志。」所謂「鋪采摛文」，就是鋪張辭采，賦最重要的特色是敷陳誇張，作品主要分抒情和敍事寫物兩大類別，都是由於過於堆砌鋪揚，有時變得言之無物，不符合中國文學傳統的「言志」、「載道」，歷來受到很多文學家

的批評。

漢賦作家與作品

　　賦體作家中，漢初以賈誼（公元前 200－公元前 168）
和枚乘（？－公元前 140）的成就較高，影響較大。武帝好
大喜功之餘，也愛賞文藝，一時間文化大盛，若論辭賦成就
之高，當然是司馬相如，名作如《大人賦》和《長門賦》等，
馳騁想像，辭采茂麗，而且結合《楚辭》和縱橫家之言，加
以創作，由體裁到技巧，都發展了先秦的文學，是最有成就
的漢賦作家。且舉他的《長門賦》開首一節為例子，以見漢
賦重辭采艷麗，講究聲律節奏的特色：

　　　夫何一佳人兮，步逍遙以自虞。魂踰佚而不反
兮，形枯槁而獨居。言我朝往而暮來兮，飲食樂而忘
人。心慊移而不省故兮，交得意而相親。

　　這篇賦前有序文說陳皇后因為失寵於漢武帝，以百斤
黃金請司馬相如寫此賦。這幾句是文章的開首，以重筆描寫
陳皇后在長門宮形容憔悴、愁眉不展之狀，她在長門宮苦盼
君王的駕幸，如此形象也成為閨怨詩的典型。司馬相如之
外，和他同時期的枚皋（公元前 153－？）、嚴忌（生卒不
詳）、東方朔（公元前 154－公元前 93）和其後的揚雄、班
固及張衡（78－139）等，均以賦出名。對於一般學生，漢

賦並不好讀和容易理解，但其對中國古代文學發展卻有重要
影響，不可以跳過。

詩歌

由先秦到兩漢，中國詩歌最重要的發展，是形式上由
四言變為五言。五言詩大抵也是中國詩往後數千年發展的重
要模式。讀漢代文學的詩歌部分，要注意兩種類別：一是雜
言體的民歌；二是由四言發展至五言的格律詩，為了與唐代
漸漸興起和成熟完整的近體詩區別，後世稱之為「古詩」。
這兩類詩歌，一類是民間歌唱的心聲，一類是無名作家的佳
作，兩漢，可以說是「真詩在民間」的時代。

雜言體：樂府詩

雜言體的民歌，就是樂府詩，是由武帝設立的樂府大
規模從民間收集回來。由先秦至兩漢，《詩經》的影響在樂
府詩中十分明顯，不論從句式至內容，十五國風對樂府詩都
產生明顯的影響。樂府，原是皇室的法定音樂機構，制禮作
樂，早在秦代已經建立，漢代承襲此制度，而到了漢武帝的
時候，有了很大的發展，一方面搜集各地的民歌，另一方面
也主動地命文人士人作辭，當然都是為了歌功頌德。因此後
世談漢代樂府，都較重視各地的民歌，因為其中反映了不同
地方的人民思想感情，具有很強烈的現實意義。後世重視的

「樂府精神」，就是指這些地方民歌所反映的人民百姓思想感情。

談論樂府詩的特點，強調「感於哀樂，緣事而發」。這是《漢書·藝文志》的說法，強調讀樂府詩可以「觀風俗，知厚薄」。由《詩經》到樂府，再經唐代的杜甫（712－770）和韓愈（768－824）等人，是中國古代文學中現實主義的一條明顯線索，而且是一條影響各種文體、各時代文人的重要線索。

樂府詩的藝術特點，主要是有很強的敘事性，所謂「感於哀樂，緣事而發」，運用口語、詩句簡短樸素，反映社會現實而又飽含感情。以下舉《戰城南》和《上邪》這兩篇膾炙人口的作品，簡單分析說明：

戰城南，死郭北，野死不葬烏可食。為我謂烏：且為客豪！野死諒不葬，腐肉安能去子逃？水深激激，蒲葦冥冥；梟騎戰鬥死，駑馬徘徊鳴。梁築室，何以南？何以北？禾黍不穫君何食？願為忠臣安可得？思子良臣，良臣誠可思：朝行出攻，暮不夜歸！

（《戰城南》）

上邪！我欲與君相知，長命無絕衰。山無陵，江水為竭，冬雷震震。夏雨雪，天地合，乃敢與君絕。

（《上邪》）

《戰城南》一詩，假設戰死者的自我怨訴，以表達反戰的主題。全詩以敍事形式表達，惟是情景互相襯托，「水深激激，蒲葦冥冥」兩句寫景，渲染出沙場捐軀、野死不葬的淒楚氣氛。全詩籠罩悲劇氣氛，手法上運用獨白，設想出奇，既反映戰爭對百姓的逼迫，亦反映沙場上白骨遍野的駭人畫面。至於《上邪》，則充滿着誇張想像，利用情感色彩豐富濃厚的詩句，連下數句之後，在最後才「乃敢與君絕」，充分表現樂府詩那種表達百姓願望和深情的特色。

樂府詩與敍事文學

敍事文學的發展和成就，除了在漢代歷史著作中得到展現，五言詩歌中的敍事體詩，也明顯比先秦的《詩經》有了進步，當中最重要、最為後世所樂道和討論的是長篇詩歌《孔雀東南飛》。《孔雀東南飛》為現在可見篇幅最長的五言詩歌，長達 350 餘句，全詩 1700 多字，相信是建安時期的民間作品，最早見於徐陵（507－583）所編的作品集《玉台新詠》。詩前有小序，大抵已經將全詩的內容概括說出：

漢末建安中，廬江府小吏仲卿妻劉氏，為仲卿母所遣，自誓不嫁。其家逼之，乃沒水而死。仲卿聞之，亦自縊於庭樹。時傷之，為詩云爾。

這首詩的藝術表現，首先要注意的是敍事角度，形式技巧

上，大量運用對話，是對《詩經》的直接繼承，也是漢代樂府詩的重要特色。整體上，中國古典詩歌長於抒情，也以抒情為主要目標，因此敍事詩歌並不發達，這與西方文學自荷馬史詩以來就長於、也樂於敍事的詩歌傳統很不相同。《孔雀東南飛》是敍事詩代表作品，描寫了鮮明飽滿的人物形象和對自由愛情的歌頌，歷來受到高度評價，也是中國古典文學中非常獨特的作品。

五言詩體的發展

　　漢代於中國詩歌的發展，除了樂府精神的建立和奠定之外，還有重要的一點是五言詩體的形成和漸趨成熟，代表作品就是《古詩十九首》。

　　《古詩十九首》最早見於《文選》，這批詩歌都沒有題目，後人便以其詩的第一句為題，而作者並非一人，因此所反映的內容思想，也複雜而不一致。當中有寫遊子思婦、文人失意、人生無常，也有一些意旨不明，其中對人生易逝，如恐不及的無奈和歎息，卻常見於各篇作品之中，這份感傷的情緒往往是詩中吸引人的地方。這裏舉其中一首《生年不滿百》，讓讀者了解其特色：

　　　　生年不滿百，常懷千歲憂。晝短苦夜長，何不秉燭遊！為樂當及時，何能待來茲？愚者愛惜費，但為後世嗤。仙人王子喬，難可與等期。

語言自然不雕飾，寓情於景而又言近意遠，長於抒情等，都是《古詩十九首》歷來受到推崇的原因。

敍事散文

《史記》

　　說理散文在漢代統一河山，武帝獨尊儒術之後，已經再無傑作。史傳散文則以半小說半散文的形態，成為漢代重要的文學作品。兩漢之世，沒有嚴格意義的戲劇作品，小說則尚有一些短制如託名劉向所撰的《列仙傳》、東方朔的《神異傳》等，記載一些神仙傳說故事。不過這時敍事文學的真正成就，是沿承着先秦《左傳》和《戰國策》等優秀作品，而在史學著作裏出現的傑作，它就是影響深遠的史學與文學兼備的巨著 —— 司馬遷的《史記》。

　　《史記》全書 130 篇，共 526000 多字，分為十表八書、十二本紀、三十世家、七十列傳。此書不是小說，不能簡單地將其歸入文學作品，因為從創作的意旨來看，這是一部歷史著作。不過由於人物描繪生動，故事情節吸引，語言流暢自然，而且在字裏行間，不時流露和抒發作者司馬遷深摯的情感，產生了巨大的感動人心力量，一直以來在中國文學都佔有重要的藝術地位，沒有一部中國文學史會不提及。

作者生平

　　歷來，理解司馬遷生平，都是讀《史記》的重要背景資料。這可以從四方面討論。第一是司馬遷乃史官世家，父親司馬談（公元前 169？－公元前 110）對撰史有很大的責任感和使命感。第二是司馬遷少年時歷遊名山大川，視野胸襟開闊之外，對後來寫作《史記》，亦積累了大量資料。第三是他很崇拜孔子，尤其是孔子修訂了《春秋》。司馬遷在《太史公自序》說，「采善貶惡，推三代之德，褒周室，非獨刺譏而已也」，就是希望借《史記》來「寓褒貶」。最後，他亦希望將自己的抱負和鬱結，盡借《史記》以表達。他曾為李陵（公元前 134－公元前 74）失節降敵的事，向武帝求情，最後落得宮刑的下場，他在《太史公自序》文末有幾句著名的說話，說許多不朽的著作：「大抵賢聖發憤之所為作也。此人皆意有所鬱結，不得通其道也，故述往事，思來者。」又說「詬（恥辱）莫大於宮刑」，所以他將滿腔情緒，寄託並宣洩在《史記》一書的字裏行間，也借人物行事來抒發不滿和表達觀點。

《史記》的文學特點

　　《史記》避用偶句，也不強調鋪張揚厲，是相當純粹的散文寫法，最重要的藝術成就是塑造了一大批鮮明生動、飽滿深刻的人物形象，成為後來中國文學中描寫人物的楷模典範。「以人為中心」，強調人定勝天等，本來就是《史記》核

心的要旨精神。司馬遷說過，寫《史記》是要：「究天人之際，通古今之變，成一家之言。」這是讀《史記》的重要方向，是一把重要的鑰匙。

「列傳」、「世家」和「本紀」諸篇中，作者塑造了眾多成功的人物形象，包括項羽、劉邦、陳勝、李廣、張良、荊軻。這些人物形象鮮明，當中既有不出世的一代豪傑帝王，也有流落市井巷陌的英雄志士，司馬遷善於把人物性格，通過不同層次和場景，塑造豐滿完整的形象。例如他寫劉邦（公元前 256？－公元前 195），既有在《高祖本紀》的集中描繪，但在《蕭相國世家》、《留侯世家》和《淮陰侯列傳》等，亦側面寫了他的奸詐好色、誅戮功臣。在言行事件中，簡單幾筆，既寫出人物性格，又刻畫人與客觀環境的處境，賦予深厚的感情，更把個人的評價和感歎寄寓其中。司馬遷對劉邦頗多貶語、又把項羽（公元前 232－公元前 202）歸入本紀，孔子放於世家等，在在都見出他寫《史記》，是寄託着自己的滿腔鬱憤，意有所寄的，所以魯迅（1881－1936）說《史記》是「無韻之《離騷》」，可見其中飽含作者濃烈的情感。

《史記》最傑出的藝術成就是人物描寫。例如寫項羽，《項羽本紀》刻畫細微，一些塑造項羽形象的重要場面，皆傾注相當筆力；而與劉邦軍事上交鋒的經過，有不少在《高祖本紀》中補述：例如「鴻門會」和「垓下之圍」，在《項羽本紀》中都寫得有聲有色，在其他部分卻簡單帶過，以敍

事交代為主；又如劉邦在《高祖本紀》力數項羽十大罪狀，多少亦幫助說明項羽爭天下的過程中，的確犯了不少錯誤，失去人心。又例如同是遇到秦始皇出巡，劉邦欽佩讚羨：「大丈夫當如是也。」項羽則直率自負：「彼可取而代之。」司馬遷用這種互補並見的方法，令許多人物都變得立體，有血有肉，整部《史記》也就更見針線綿密，系統完整了。

人物描寫舉例

描寫項羽，由少年未成名，一直至最後窮途末路、烏江自刎，司馬遷都描寫得生動具體，而且手法豐富多變。先是追隨叔父起兵之初，就寫他的與眾不同，志在千里：

> 項籍（羽）少時，學書不成，去學劍，又不成。項梁怒之。籍曰：「書足以記名姓而已。劍一人敵，不足學，學萬人敵。」

（《項羽本紀》）

一句簡單人物語言，就表現出項羽的志氣和非凡抱負。到了最得勢的時候，在「鴻門會」中，描繪項羽：

> 項王按劍而跽曰：「客何為者？」張良曰：「沛公之參乘樊噲者也。」項王曰：「壯士，賜之卮酒。」則與斗卮酒。噲拜謝，起，立而飲之。項王曰：「賜之彘

肩。」則與一生彘肩。樊噲覆其盾於地，加彘肩上，拔劍切而啗之。項王曰：「壯士，能復飲乎？」樊噲曰：「臣死且不避，卮酒安足辭！」

（《項羽本紀》）

樊噲無禮闖席，項羽不加責怪，反而惺惺相惜，司馬遷欣賞項羽，要寫出他不出世的英雄氣概，一個細節就表達了。可是，司馬遷不把人物平面化描寫，所以「鴻門會」中，也寫他的優柔自誤，也寫他的剛愎自用。項羽在《史記》的人物形象，非常立體生動，除了人物語言行事、心理描繪，「垓下之圍」的文學手法處理，既具極強烈的感染力，也完成了對項羽的形象塑造：

項王則夜起，飲帳中。有美人名虞，常幸從；駿馬名騅，常騎之。於是項王乃悲歌忼慨，自為詩曰：「力拔山兮氣蓋世，時不利兮騅不逝。騅不逝兮可奈何，虞兮虞兮奈若何！」歌數闋，美人和之。項王泣數行下，左右皆泣，莫能仰視。……項王笑曰：「天之亡我，我何渡為！且籍與江東子弟八千人渡江而西，今無一人還，縱江東父兄憐而王我，我何面目見之？縱彼不言，籍獨不愧於心乎？」

（《項羽本紀》）

把人物放在情境氣氛中描寫，是司馬遷在《史記》很高明的技法，值得細意欣賞。項羽帳中與虞姬獨語，史家豈能知道，司馬遷在這裏滲入大量主觀想像和文學處理，說《史記》是文學作品，其理很易明白。

《史記》、《漢書》與文學

《史記》對後世文學和史學均有巨大的影響，值得大書特書。就文學而言，體裁上，傳記文學在漢代之後，一直歷傳不衰，而寫人物、抒鬱憤、論當世的文學精神和寫作方法，更影響後世二千年的中國文學創作。

除了《史記》，班固的《漢書》也是漢代的重要史學著作。不過由於作者以儒家思想為旨歸，因此寫來不像《史記》的縱橫揮灑，但是文辭富麗，句多排偶，影響魏晉以後的辭賦駢文，而其中如《霍光傳》、《蘇武傳》等傳記，均有聲有色，是難得的傳記佳作。

文藝理論

從文藝理論來看，漢代在先秦的文學實踐基礎上，有了一定的發展，成為中國古典文論的重要起點，例如《毛詩序》，就是中國文學批評史上第一篇詩歌理論的專文。

小結

　　英國小説家查理士・狄更斯（Charles Dickens, 1812－1870）在《雙城記》説：「這是最好的時代，也是最壞的時代。」司馬遷受到最侮辱的刑罰，卻寫下文史雙美的最佳巨著。漢代，對於中國的歷史文化和藝術文學來説，也是「最好的時代」，因為國勢輝煌，漢武帝在位時，影響中國往後發展的重要人物名字，都一時湧現。可惜，也是漢武帝的時代，因為窮兵好功，亦已種下國力疲憊的禍苗，更重要的是「獨尊儒術」，統一了思想，令先秦燦爛開放、百家競逐的局面，無法延續下去。這説是「最壞的時代」，或許言重了，但這種關鍵性的轉變和影響，卻是研習中國文化者所必須重視的。

　　另一方面，詩歌發展中，樂府精神成為後世重要的詩歌內涵，五言詩的形成和漸趨成熟，也產生非常重要的影響。經學成為士人進仕的工具，影響了兩漢的學術發展，也影響了兩漢的文學發展，這種「功名利祿」的仕進途徑影響文學的情況，綿延二千多年，在往後的章節仍會談及。

窮而後工的創作觀

由司馬遷寫《史記》的經歷，或者我們會問：「如果沒有遭遇這樣的不幸，司馬遷會不會寫出那樣動人的作品？」司馬遷在《太史公自序》似乎也願意回答，「此人皆意有鬱結，不得通其道也，故述往事，思來者」，認為許多好的作品都是聖人「發憤之所為作」。這種遇到生活上的不幸，窮困不得志的時候，作者感受深，寫作題材多，又會借作品來抒發心中的傷痛憤懣，因此這類作品又會寫得特別好，成為中國文學創作觀的特點。歐陽修在《梅聖俞詩集序》中說：「蓋愈窮則愈工。然則非詩之能窮人，殆窮者而後工也。」例如趙翼《題遺山詩》就說：「國家不幸詩家幸，賦到滄桑句便工。」這種情況在中國文學史上，的確是可以找到很多例子，例如屈原、曹植、王粲、杜甫、李煜及李清照等人。文學源於

人的内在情感，「詩言志」，因此
「窮者而後工」的說法，本來就是合
乎藝術的現實。

▶ 詩文與歷史的關係

　　中國古典文學觀念中，詩文和
歷史有微妙的關係，而且在不同朝
代，有不同的看法。孟子說：「《詩》
亡然後《春秋》作。」到了清代，
錢謙益補充說：「《春秋》未作以前
之詩，皆國史也。」「文」也一樣，
在漢代之前，文即史，史即文，
到了漢代之後，詩文和歷史漸漸分
開，歷史側重於記載史實，而詩
文側重在說理抒情。像司馬遷傾注
千鈞主觀情感來寫歷史的，並不多
見。與此同時，我們亦要明白，對
於詩文，中國文學觀念卻仍然有着
某程度上的期望，期望可以教化人
生，也期望可以反映時代和社會，
對於這類作品，傳統仍會給予較高
的評價，例如杜甫被譽為「詩聖」

之外，也有「詩史」之稱；元明清戲曲小說也反映時代人民生活，這種詩文和歷史間若即若離的關係，也是中國古典文學的特點。

▍ 中國文學與音樂

中國文學自開始便與音樂有很密切的關係，倒過來說，中國的音樂，主流都是與文學結合的，沒有唱詞的音樂，一般不佔主導地位。各體文類中，以詩歌與音樂的關係最密切，由《詩經》開始，據記載都是可以「披之管絃」，也就是合樂的意思。到了漢朝，成立樂府，專門採集民間詩歌，配合音樂，樂府詩則可以說是詩與樂合一的文學體裁。唐代格律詩的出現，更拉近了詩歌和音樂的關係。燕樂繁榮蓬勃，這是中原音樂吸收了南北朝至隋唐時期，不斷流入中原的各地民族音樂，融合產生的新音樂。中唐五代開始的曲子詞，以及兩宋

的詞，都合樂可唱。元代之後，中國音樂主要通過戲劇形式發展。總之，中國文學歷代都與音樂緊密結合，詩人、詞人和大戲劇家中，例如司馬相如、周邦彥、姜夔和關漢卿等人，都是精通樂律的專家。

▌ 女性化的隱喻
——由芳草美人開始

中國詩文中每多「女性化的隱喻」，因此「怨婦」、「思婦」的作品特別多，由屈原開始，而在漢代慢慢形成傳統。一方面戰亂連年，現實社會中的確有很多良人遠征，深閨獨守的思婦。許多「反戰」的作品，就是借寫思婦，來表達戰爭的可怕和對老百姓的傷害。例如李白《子夜歌》：「長安一片月，萬戶擣衣聲。秋風吹不盡，總是玉關情。何日平胡虜，良人罷遠征。」另一方面，由屈原的作品開始，以「棄婦」為喻，抒發不為國君重用或

見棄的怨憤，亦是中國詩詞中，非常易見的手法。屈原以「芳草美人」自喻為君子忠臣，這亦成為文學意象的傳統，因為怨恨君主，也可能招來罪狀，以「棄婦」為喻，就可以暢所欲言。

第三章

文學的自覺年代——魏晉南北朝文學

魯迅在《魏晉風度及文章與藥及酒之關係》中指出，魏晉時代是中國文學自覺的年代。這說法影響深遠，一直為後來寫文學史的人所沿用，欣賞魏晉南北朝的文學作品和發展，要先掌握這一點。上一章談漢代文學，已指出了擺脫經學的文學路向，到了魏晉南北朝，更加產生強烈的「藝術自覺」，成為中國文學發展的重要轉折期。所謂自覺，就是「為藝術而藝術」，明白文學本身並非附屬於史傳和議論政治等文章，而是作者有意借技巧經營，抒情寫意，產生感動讀者的藝術效果。相對而言，載道的內容少了，卻在形式和寫法上力求變化創新。這是中國古典文學發展過程中，非常重要的一段時期。

魏晉南北朝，大抵是指漢獻帝劉協（181－234）在 220 年禪位，至楊堅（541－604）統一南北，建立隋朝（589）的一年，約共 370 年。這數百年，在政治上，是中國分崩離析的一段時期，各朝政權交替更迭；南北政局對峙，戰亂頻仍。在思想上，儒學衰微，人心多了自由發展，但同時也變得虛蕩。這時候，我們難以讀到漢賦那種鋪張揚厲的作品，文人作者對生命短促、禍福無端，流露強烈的疑惑與無奈。東漢末的《古詩十九首》是很好的例子，而豪情萬丈、橫睨當世如曹操（155－220），也寫了感慨悲涼的《短歌行》，詩中名句如「對酒當歌，人生幾何」，揭開了魏晉南北朝文學的重要旋律。

漢末魏晉以來，文學成為表現個人思想感情的重要方

法；這時期也出現一種新的事物，就是文學集團活躍，例如「建安七子」、「二十四友」。他們的創作方法也趨新求變，尤值得注意的是，第一次出現了有系統的文學理論，後人所說的「文學自覺」，經歷先秦兩漢的近千年文學發展，文人士子試圖從理論上歸納出一些寫作的方法和原理，也試圖更具體深刻地理解文學的本質。中國正式的文學批評專著，也是在南朝才出現，例如劉勰（465？－520？）的《文心雕龍》和鍾嶸（468？－518？）的《詩品》。

韻文

詩歌

　　詩歌發展至魏晉時代，中國詩漸次轉入以五七言為主要形式，這是詩體的重要發展階段，其中曹丕（187－226）是七言詩的奠基人，而數百年間，最重要的詩人是曹植（192－232）和陶潛（365－427）。從文體來看，詩歌是這時期最主要的文學形式，在漢代樂府的基礎上，加上東漢末五言詩的醞釀，五言詩得到很大的發展。

建安文學

　　文學創作上，最重要的是出現「建安文學」。建安，是漢獻帝的年號。國祚雖仍是漢室，但政治實權實際落在曹

魏之手，所謂「三祖陳王，建安七子」，「三祖」是曹操、曹丕和曹叡（204－239）；「陳王」是陳思王曹植；至於「七子」，除孔融（153－208）之外，是指當時曹氏父子的僚屬集團。這是中國詩歌史上，第一次出現具規模的文人集團，形成詩歌創作的高潮，在中國文學發展過程中，甚具意義。他們分別是孔融、陳琳（？－217）、王粲（177－217）、徐幹（170－217）、阮瑀（？－212）、應瑒（？－217）和劉楨（？－217）。「建安七子」一語，首在曹丕《典論．論文》一文中出現，這批出色文人的作品，促進了五言詩體的發展，是由漢過渡至魏晉，五言詩歌發展的重要部分。

曹氏父子的作品是建安文學的重要部分。曹操是傑出的政治家，其詩的主要特色是質樸而直率地展露個人的才情胸襟，形成個人獨特的風格，政治軍事生涯上，躍馬橫江，又能借詩文自述。曹操作品，在中國文學史上別具面目，其中《短歌行》一詩，同時寫出一代雄才的豪邁與蒼涼，非常特別。

曹丕作品中，以七言詩《燕歌行》兩首最值得重視，也是現存最早的完整七言詩，對七言詩的形成是有貢獻和影響的。比起父親，曹丕過的是貴冑太子的生活，氣魄不及父親，反映在作品裏的視野和胸襟，都稍不如，反而他的《典論．論文》和《與吳質書》等文章，除了開啟中國文學評論的先聲，也表現出建安時期通脫流暢的散文特點。

陳思王：曹植

建安諸人中，自然是以曹植在文學史上享有的地位最崇高。他最重要的文學成就是詩歌和賦。他一生可以兄長曹丕登位為分界，前半是貴冑公子，生活無憂，一心為國建功立業；後半屢受壓制於曹丕及其子曹叡（明帝），鬱鬱而終，死時才四十歲，因最後封地是陳郡，諡號思，故後世稱他為陳王或陳思王。

曹植之貴冑公子時期頗多表達個人志氣抱負的豪情之作，後期作品變得沉重，技法也愈趨工巧。建安詩人中，曹植最講究藝術技巧，也因為他的出現，一方面吸收了漢代末年文人詩的成就和技法，另一方面結合自己的才華和遭遇，寫成許多面目鮮明、情感深摯的佳作。建安詩歌也由樂府詩逐漸走向文人化，更講究藝術上的加工和創造，對於古典詩歌步入中古的發展，曹植有非常重要的承上啟下的作用。

鍾嶸《詩品》對曹植有高度的肯定和稱讚：「骨氣奇高，詞采華茂，情兼雅怨，體被文質。」曹植詩歌今存比較完整的有八十多首，逾半是樂府體，在五言詩的成就和貢獻最大。他的五言詩，能把敘事和抒情巧妙結合，既能描繪客觀事物環境的複雜變化，又寄託個人深摯情感思想，配合華麗豐富的語言，令作品的可讀性大大提高，令詩歌不獨是五言詩，在魏晉之交達到新的藝術高度。名作如《贈白馬王彪》、《七哀》、《野田黃雀行》、《雜詩》和《美女篇》等，都是佳作。

陶潛

　　除了曹植，另一個魏晉時期非常重要的詩人是東晉的陶潛。兩人出生相距約二百年，是這數百年中最重要的兩位詩人。陶潛，又名淵明，潯陽柴桑人。祖父陶侃（259－334）曾經官至大司馬，家世顯赫，只是到他的一代，家道沒落，陶潛也只出任過縣令小官。四十歲後，他更歸園田居，淡泊一生。

　　陶潛的詩平淡真摯，語言樸實，「自然」兩字是讀其詩的精要，平淡自然中，卻有着深厚而耐人品味的意趣和情思。因此蘇軾（1037－1101）曾稱讚陶潛詩「似癯實腴」，就是說他的詩平淡而不淺薄，如胸中自然流出，很值得仔細品味。舉一首作品為例：

　　　　春秋多佳日，登高賦新詩。

　　　　過門更相呼，有酒斟酌之。

　　　　農務各自歸，閒暇輒相思。

　　　　相思則披衣，言笑無厭時。

　　　　此理將不勝，無為忽去茲。

　　　　衣食當須紀，力耕不吾欺。

　　　　　　　　　　　　　　　　　（《移居》）

前四句把與鄰居和樂相處的情況寫得淋漓盡致，中間四句言農務餘暇，與鄰里樂敍言笑，末尾四句則抒發個人情志。全

詩自然樸實，情味親切真摯，表達出曠達寬和的情懷，也流露田園生活的喜樂。陶潛早期也寫過一些情感豪放的作品，例如《詠荊軻》中就有「雄髮指危冠，猛氣衝長纓。飲餞易水上，四座列群英。漸離擊悲筑，宋意唱高聲。蕭蕭哀風逝，淡淡寒波生」。對荊軻易水送別的豪氣悲情，寫得深刻動人。

不過陶潛生於玄言詩大盛、文風崇尚艷麗雕琢的晉宋之世，並未受到很大重視。到了鍾嶸《詩品》，也只列他於中品，蕭統（501－531）《文選》也只選錄了他幾首作品。到了唐代以後，他「不為五斗米而折腰」的高傲品格，及自然淳厚的詩風，吸引和影響了很多作家。例如李白（701－762）、杜甫（712－770）、白居易（772－846），宋代蘇軾和陸游（1125－1210）等人，都受到他的影響。清代詩人沈德潛（1673－1769）在他的《說詩晬語》，更清楚指出這種對後世詩人的廣泛影響：

> 王右丞（王維）有其清腴，孟山人（孟浩然）有其閒遠，儲太祝（儲光羲）有其樸實，韋左司（韋應物）有其沖和，柳儀曹（柳宗元）有其峻潔，皆學焉而得其性之所近。

雖未必完全說得切中，但陶潛詩歌自然樸實的藝術特色，成為中國詩歌發展的一種重要寫作特色，對後世影響很大，則

完全可以肯定。

晉朝玄言詩

　　陳子昂（661？－702）說：「漢魏風骨，晉宋莫傳。」「采麗競繁，而興寄都絕。」（《修竹篇序》）。這兩句話說中了中國文學發展至晉及南北朝，漸向縟麗浮艷的方向發展，由漢樂府至建安時期的「風骨」，漸漸失去現實的內容，而着重追求形式的華美。

　　魏晉之交，我們習慣上稱為「正始文學」時期。「正始」是魏國的最後一位帝主，魏齊王曹芳（232－274）的年號。劉勰《文心雕龍・明詩》說，「采縟於正始，力柔於建安」，正指出了這種由漢魏入晉，漸走上追求形式和辭藻華美的詩歌道路。正始文學時期，老莊思想漸興。阮籍（210－263）、嵇康（223－263）的作品已見玄學思想的影響，到了西晉初期，更出現眾多作家，有所謂「三張二陸兩潘一左」，其中以陸機（261－303）和左思（250？－305）的成就最大。這段時期，玄言詩興起，是一種以闡釋老莊和佛教哲理為主要內容的詩歌，這與當時老莊風氣盛行有關。

南北朝的詩歌：山水詩、宮體詩、民歌

　　到了南朝宋齊時代，山水詩興起，取代了東晉以來的玄言詩，其中最重要的詩人包括謝靈運（385－433）和謝朓（464－499）。比較來說，謝靈運的詩較為富麗精工，典雅厚

重的感覺較強，而謝朓則清新流麗，自然淡雅一些。謝朓著名的詩作有：

> 餘霞散成綺，澄江靜如練。
> 喧鳥覆春洲，雜英滿芳甸。

（《晚登三山還望京邑》）

謝朓也是永明體重要詩人。永明是南朝齊武帝蕭賾（440－493）的年號。在聲調格律之學屢有突破之時，要求嚴守四聲八病，糾正晉末以來詩歌的不少毛病，但又令詩歌發展，朝形式體裁邁進一步，首先是五言詩的格律化，七言詩也生出了萌芽。南朝梁陳間，宮體詩大盛，這詞語由梁簡文帝蕭綱（503－551）自言其詩「傷於輕靡，時號宮體」而得來，大抵詩風浮艷，內容每多是閨怨或愛情作品，有不少描寫女子體態容貌。宮體文學以詩為主，也有賦和文，不過由於寫法靡麗空洞，一直為後世文人所批評。

南北朝民歌有很多優秀的作品，而且影響唐朝及以後的詩歌。大抵而言，南朝民歌多是情歌，語言艷麗而好用相關語，調子較哀傷；北朝民歌則比較豪放直率，其中《敕勒歌》甚具北地特色，深受後人欣賞：

> 敕勒川，陰山下。天似穹廬，籠蓋四野。天蒼蒼，野茫茫，風吹草低見牛羊。

整體而言，北朝民歌比南朝少得多，但內容卻廣泛很多，不論愛情、戰爭還是日常生活，都有出色的作品。其中《木蘭辭》廣傳後世，人物形象鮮明，語言色彩濃郁工麗，音調鏗鏘，又反映北方人尚武強健的精神體魄，所以甚具藝術感染力。

駢文

時代藝術思潮注重形式和技巧，當然會表現在一代的文學作品中。魏晉大盛的駢文，上承兩漢，而向下對唐代近體詩的體裁格式，產生了巨大的影響。駢文在魏晉南北朝最為輝煌，是有當時的社會和文藝原因的，一直至晚唐，像李商隱（813？－858？）等人，仍以擅寫駢文知名。

駢文又稱「駢體文」，因多用四、六字句，故亦稱「四六文」。駢文的特點是以偶句為主，重對仗，句子的字數整齊，也講究平仄，好用典故。仔細分析，並不是在魏晉時代突然出現，也並非只盛行於魏晉，而是由晉宋開始，綿延千百載。曹道衡在《關於魏晉南北朝的駢文和散文》一文說：

其實上面所說的關於駢文的那些特徵，都有一個發展過程。以聲律問題來說，所謂平上去入四聲，是南朝齊代周顒、沈約等人才確定的。在他們以前，雖

然有些文章似乎也符合後來的要求，但那多半出於不自覺的偶合。真正講究嚴格的聲律，那是唐以後所謂「四六文」的要求，南北朝的駢文還沒有這樣講究，更不用說魏晉了。

到了唐代，韓、柳等古文家，大力反對駢文寫作，但其實唐代文人中，寫駢文比寫古文多。到了宋代，經柳開（948－1001）、石介（1005－1045）以至歐陽修（1007－1072）和王安石（1021－1086）等人，以居高官之優勢，振臂高呼，古文才壓過駢文。中國古文中的「駢散之爭」，歷時甚長，也難以說明在那一時代完結。例如在清代，因為重訓詁考證之學，駢文講究典故，很切合當時文風，「桐城派」以外，重視駢文的人也不少。

庾信與《哀江南賦序》

若論駢文名家，南朝由宋至陳，尚可細分為不同時期，形式風格也有變化和發展。概略而言，最重要的駢文作家原是南朝宮體詩人庾信（531－581），梁朝滅亡，他被迫滯留北朝，雖然位居顯宦，卻以失節降臣自居，作品均抒發愁苦，思念故國為主。《哀江南賦》是其賦體名作，之前的「序」，更是駢文中辭情並茂，內容形式妙合的佳作。引第一節以為例子：

粵以戊辰之年，建亥之月，大盜移國，金陵瓦
解。余乃竄身荒谷，公私塗炭。華陽奔命，有去無
歸。中興道銷，窮於甲戌。三日哭於都亭，三年囚於
別館。天道周星，物極不反。傅燮之但悲身世，無處
求生；袁安之每念王室，自然流涕。

這一段寫自己在國家內亂中，最後流落於北方，無法南歸。
既對個人失節羈留異地而深以為疚，亦對國家的淪亡悲憤不
禁。雖然是以駢文來寫作，但語意流轉，聲調鏗鏘，典故運
用亦自然不生硬，加上情感真摯深刻，是駢文中非常動人的
片段，也印證好的駢文，不能單以「過分追求形式」作簡單
結論，輕易抹煞其藝術價值。

散文

文學評論

劉勰與《文心雕龍》

先說《文心雕龍》，這可以說是中國古典文學史上，最
重要的文學批評著作。作者是梁朝的劉勰。劉勰是山東莒縣
人，祖輩仕宦不通顯，自幼喪父，家貧，年近四十始入仕，
曾擔任的官位均不高，任東宮通事舍人一職時，深得當時重
視文學的昭明太子蕭統欣賞，後梁武帝命他協助編定佛經，

其後更出家為僧，改名慧地，出家約一年後便去世了。

《文心雕龍》全書體系完整，結構嚴密，見解獨到深刻，總結了先秦以至南朝宋齊時代文學創作和批評的經驗。全書以駢文寫成，本身就是非常優秀的文學作品，例如討論情感與景物關係的《物色》篇，開首一段：

> 春秋代序，陰陽慘舒，物色之動，心亦搖焉……是以獻歲發春，悅豫之情暢；滔滔孟夏，鬱陶之心凝；天高氣清，陰沉之志遠；霰雪無垠，矜肅之慮深；歲有其物，物有其容；情以物遷，辭以情發。

這一段寫自然景物對人的情感心理有很大影響，景物在不同季節有不同形相外貌，人的感情受到影響，就會化作文辭抒發。整段文字寫來駢麗而不失之雕縟，將四時景物和創作道理巧妙結合，深刻而精準地表達出來。書中談到的許多賞析和創作的理論，即至今日，仍然非常有指導意義，是中國文學批評史上，至為重要的著作。

劉勰學兼經史子集，又精通佛學典籍，是儒佛兼通的文人。全書廣泛評論歷來作家作品，提出許多和文學理論及體裁風格相關的問題，其中對寫作和賞析的見解對後世影響甚深。他在《序志》篇說：「夫文心者，言為文之用心也。」把此書的宗旨說得很明白。「雕龍」，指精細和技巧之處，亦明顯說明了他希望為當時的不正文風，指出正確的為文之

道。全書五十篇，根據周振甫《文心雕龍今譯．例言》說：

> 劉勰在《序志》裏把原書分為五部分：一「文之樞紐」，是文學理論的根本部分，即全書總論；二「論文序筆」，是按照不同體裁來討論有韻文和無韻文，即文體論；三「剖情析采」，即探討內容和形式的創作論；四《時序》《才略》《程器》為一組，即從文學史、作家論、鑒賞論和作家品德論的角度來探討文學評論；五《序志》是全書的序言。

鍾嶸與《詩品》

除了《文心雕龍》，梁朝另一部重要文學評論專著是鍾嶸的《詩品》。這是中國文學史上第一部詩論專著，評論漢魏以至齊梁的五言詩人，定優劣，評品第。作者鍾嶸，為潁川望族，雖在梁武帝時官位並不高，但家庭文化教養甚高。《詩品》一書，成書於梁武帝時，在《文心雕龍》之後，在隋唐之前，又名《詩評》。鍾嶸寫此書的目的是要建立批評的標準，這與此時候文學自覺的藝術追求是相一致的。不過，《詩品》專論五言詩，不談其他文體，所涉範圍自然受到局限。全書三卷，評論自漢至梁的五言詩作者一百二十二人，分為上中下三品，即每品一卷，每卷前又各有序言，後人將其合在一起，成為《詩品序》，是中國文學批評史中，非常重要的一篇文論。它既是全書的總論，說明寫作此書的

緣起和體例，又論述了詩歌的本質、作用、發展和藝術特色等重要問題。

內容編排上，《詩品》除了從詩的體制風格評論其特色和優劣得失，也重視詩人創作淵源，兼及其軼事，對於被評為上品的作家，敘述較詳細，按時代先後為排列次序。《詩品》論詩，強調「吟詠性情」的詩歌本質。他說：「至乎吟詠情性，亦何貴於用事？」這也反映了魏晉文學力求擺脫秦漢以來，詩歌為政治教化的詩風和觀念，要求更多表現和抒發日常生活的事物、環境和感情。他在歷代詩人中，最推崇曹植。前面引過他評論曹植「骨氣奇高」的幾句話，不單成為後世對曹植詩歌的重要說法，也同時反映了鍾嶸本人評價詩歌的標準和尺度。概括而言，是思想情感和技巧辭采並重，正如《詩品序》說的「幹之以風力，潤之以丹彩，使味之者無極，聞之者動心，是詩之至也」。

五言詩起源於漢代民歌，到漢末文人創作的五言詩大盛，出現很多優秀的五言詩作者。《詩品》可以說是這種大盛的創作風氣的總結和整理，儘管後世對他評論詩人的品第未必完全同意，例如他將陶潛只列於中品，不過此書從體例到詩論主張，對後世影響甚大。

小說

志怪小說

　　小說發展，也是魏晉南北朝文學值得注意的現象。主要分成兩類，一種是志怪小說，另一種則是軼事小說，也稱「志人小說」。志怪小說，內容收錄鬼怪神異的故事，其中以干寶（？－336）的《搜神記》成就最高。作者是有神論者，明言寫作此書動機是「發明神道之不誣」，也就是說明世界的確有鬼神存在，雖然稍失之於導人迷信，但不少故事生動吸引，人物形象鮮明深刻，出色作品如《韓憑夫婦》和《紫玉》等，都非常動人。志怪小說盛於魏晉之世，與此時期政局動蕩、社會昏亂有關，再加上佛道盛行，一般人對鬼神之說確信不疑，因此《隋書．經籍志》將之列入「史部．雜傳」，正好可見時人的觀念和想法。

志人小說

　　至於志人小說，當然以劉宋初年出現的《世說新語》為最重要。編撰者是劉義慶（403－444），他是劉宋王朝宗室。書中主要掇拾漢末至東晉時期，許多士族階層文人的軼事趣聞，以東晉士人為主，具體反映了當時的「魏晉風度」和士族與統治階層的精神風貌。全書按內容分類繫事，計有

德行、言語、政事、文學、方正、雅量等三十六篇。此書雖然盡是短小故事，但行文雋永，用片言短語就能勾勒人物的性格和獨特的精神面貌，讀來栩栩如生，因此有強烈的藝術感染力。後世筆記小說深受其影響，但藝術上又不易步趨，《世說新語》遂成為中國文學史上非常獨特的一部作品。魯迅（1881－1936）在《中國小說史略》評之為：「記言則玄遠冷雋，記行則高簡瑰奇。」這算是很中肯的評論。

中國古典小說究竟始於何時，頗有爭論，在第四章再談。不過，小說語言，分筆記文言和白話兩大系統，大抵是共識。魏晉時期，志人和志怪兩類筆記小說先後出現，而且出現成功作品，影響後世小說的發展，特別是唐宋傳奇，以至清代的《聊齋誌異》。

北地三書

北朝文學中，尚有三部值得注意的作品：《水經注》、《洛陽伽藍記》和《顏氏家訓》，合稱為「北地三書」。《水經注》主要寫自然山川，《洛陽伽藍記》主要寫寺廟建築，而《顏氏家訓》則主要寫人情世故。三書文筆俐落有度，駢散兼用又描繪準確，內容廣泛反映了當時的事物文化，為不可多得的優秀文章作品。

小結

《文心雕龍‧總術》中說:「今之常言,有文有筆,以為無韻者筆也,有韻者文也。」這是魏晉南北朝文學觀念的重要發展,就是將各種文體區分為兩大類。有韻之「文」,主要是指詩賦、頌贊等重文采和抒情的文體。無韻之「筆」,主要是史傳、諸子等較重實用的文體。這種分類,既從形式,也指向了文體的文學本質,這種理解和漢代人很不相同,所以說魏晉南北朝是中國文學藝術自覺的年代。這種對文學本質的反省和刻意辨別,就是重要的顯證了。

駢文重形式之美

魏晉文學非常着重駢體之美,以對偶、辭藻、聲韻和用典四個方面為文學主要的審美標準;內容則上承樂府以來,歷魏晉而成的風骨,形成了文質並重(內容與技巧並重)的寫作方向,產生許多成功的作品,亦為唐代文學的風神萬象,奠下了堅實的基礎。在中國文學發展過程中,這是非常重要的階段。後世人讀中國古典文學,對駢文評價,常側重在其形式主義的弊病,這固然是事實,可是駢文的「重對偶、辭藻、聲韻和用典」等文學特色,卻是數千年來中國文學的重要美學觀念,幾乎影響着不同朝代、不同體裁的文學作品,這一點不得不注意。

文學批評的發展

　　魏晉南北朝是中國文學發展的重要時期，除了優秀作品的出現，還湧現了一批對後世影響巨大的理論作品，包括《文心雕龍》和《詩品》，亦形成了一些對後世文論有很重要影響的概念，包括「風神」、「神韻」、「形似」、「神似」和「風骨」等，都是後來文學和文論發展的重要觀念。

　　最重要的一點，當然是上面所說的，這時期文學漸漸擺脫經史諸子的概念，認識文學的特性，例如「以文為本」的《昭明文選》，就只選文學，排除經、史和子的文章，史傳文章也只選富有文采的論贊部分，這種把文學從經學和史學獨立出來的做法和觀念，是中國文學的一大進步，也為承接輝煌的唐詩作積累和準備，奠定了文學的獨特地位和作用，是魏晉南北朝文學數百年發展的重要貢獻和地位所在。

▌ 宮體詩和《玉台新詠》

　　《梁書・簡文帝本紀》記載：
「（簡文帝）弘納文學之士，賞接無
倦……雅好賦詩，其自序云：『七
歲有詩癖，長而不倦。』然帝文傷
於輕靡，時號『宮體』。」南朝齊
梁時代，由於偏安江左，比北朝政
局較為穩定，加上君臣生活奢靡，
形成詩風浮艷，內容亦盡是言情
綺麗，形式堆砌為風。這種詩風對
後世影響甚大，歷初唐以至五代的
「花間派」和「西崑體」，都受其餘
染，成為中國文學中從來都存在於
各朝的一種文學風格。這時候，最
重要的作品集是《玉台新詠》。《玉
台新詠》是梁代出現的詩歌總集，
作者是徐陵（507－583）。集內主
要收錄婦女題材，多是輕浮綺靡之
作，同時也保存了不少漢代樂府民
歌，在中國文學史上是值得重視的。

▶ 中國文學批評

魏晉南北朝是中國文學批評史的重要時代。中國文學批評與西方文論比較，有很大的不同。一般而言，中國文化在系統整理和方法論等方面，較為輕視。醫學、音樂、畫論等方面都一樣，中國文化較少從理論、分類、驗證等角度來處理，文學理論方面，情況也是如此，有部分論者稱之為「印象式批評」，即用較抽象、朦朧和比擬式的評語來描述和評價作品，例如《四溟詩話》引《霏雪錄》評唐詩宋詞，就是「唐詩如貴介公子，舉止風流；宋詩如三家村乍富人，盛服揖賓，辭容鄙俗」。具體意思是什麼？唐宋詩的分別在哪裏？這裏沒有細緻分析，需要讀者自己領會推敲。然而《詩品》和《滄浪詩話》等文論作品，都有分門別類的意識。惟整體而言，中國文學批評較輕視系統整理和具體分析，這也是事實。

在文評以外，這些術語，例如「意境」、「神韻」本身，也成為文學性成分很重的詞語，頗值得再三玩味，也是中國文學的一種特色。

▶ 「文」和「筆」的觀念

「文」「筆」兩字，在中國古代文學中有特定意思，與現在的白話文寫作觀念中「文筆」一詞，表示語言文字的工夫水平，含義不同。例如在《晉書．竟陵王傳》記載：「所著內外文筆數十卷，雖無文采，多是勸戒。」這裏「文筆」是指作品，「文采」一詞，就接近今天所說的「文筆」的意思。所以，古代文學中的「文」和「筆」，是文章的類別，由魏晉以來，有不同解釋，直到劉勰的《文心雕龍．總術》說：「今之常言，有文有筆，以為無韻者筆也，有韻者文也。」後來的人，大抵都依這種分法，讀古文時如遇到此兩字，宜加區別。

▶ 建安風骨

「風骨」是中國文學批評理論非常重要的概念。原本是魏晉時期，品評人物的用語，後來推展至畫論及文學評鑒，其中以劉勰的《文心雕龍·風骨》最詳贍重要：「是以怊悵述情，必始乎風；沉吟鋪辭，莫先於骨。故辭之待骨，如體之樹骸；情之含風，猶形之包氣。結言端直，則文骨成焉；意氣駿爽，則文風清焉。」非常概略而言，「風」就是文章內含充實的感染力，「骨」是文章外露的表現力。「建安風骨」講究內容充實、情感充沛、風格明朗等，成為魏晉及唐以後，文學作品，特別是詩歌的重要藝術要求。

第四章

集大成與開萬世——唐代文學

唐代文學，在中國古代文學發展史中意義重大，因為經歷了唐代近三百年的國祚，古代文學，特別是二千多年來，知識分子創作最主要的文學體裁：詩和文，在寫法和形式上，已到了非常穩定的形態。中國的文學觀念，無論由理論到自覺意識，大抵在唐代已經完成了。宋元及之後，中國文學的新突破點在小說和戲曲，其餘各體，基本上可說已經到了非常成熟和完備的階段。

唐詩

談唐代文學，當然是由唐詩開始，篇幅也應該是最大的。幾乎沒有人不同意，中國古典詩歌的藝術成就，以唐詩所達到的為最高。唐詩最大的成就在一種開宏豐富、立體多元的氣象風神和文化境況。這不純是技巧手法的高下，而是中國古典詩歌，發展至唐朝，無論是體制格律、題材內容、技巧手法，以至優秀詩人數目，全都進入成熟和豐富的時候。舊體詩的體裁格律，至此大備，在唐代以後的宋元明清，都沒有重大的改變和發展，這就是錢鍾書（1910－1998）《談藝錄》所說，「元明清才人輩出，而所作不能出唐宋之範圍」的意思。一直要到新文學的出現，白話詩（或稱「新詩」），才作出突破，令以漢語寫作的詩歌有了新的面貌。

618 年，唐高祖李淵（566－635）建立唐朝，至哀帝李柷（892－908）亡國，歷時 290 年，唐詩一直不衰，作者包

括帝王、士人、僧道、伶工、仕女、商人等。根據康熙年間（1662－1722）編製的《全唐詩》記載，傳世的唐代詩人有2873位，詩作49400首。毫無疑問，唐詩是中國詩歌的黃金時代。讀唐詩的一個具爭論性話題是分期方法，一般用初盛中晚四期來分，這是明代人高棅（1350－1423）在《唐詩品彙》中的分期方法，最為後世沿用接受；其次，也可以分題材風格，例如邊塞詩、山水詩。題材豐富，反映在生活文化等不同層次和方面，由士人的日常生活，情感悲喜，到理想抱負，以至生命的思考等，都可在唐詩中找到。無論怎樣分類或分期，唐詩昌盛的結論，是完全可以肯定的。

　　從詩歌內在特質來看，經過魏晉六朝的藝術自覺和形式技巧的探索，唐代的詩歌已有了豐富的積累和基礎，達至成熟的階段，加上唐初國力強大、經濟繁榮，宗教音樂等思想和藝術的文化交流自由頻密、科舉大興和君主提倡等眾多有利條件的配合，遂使詩歌步向空前的繁榮。以下簡述接近三百年的唐詩發展概況。殷璠（生卒不詳）在天寶十二年（753）編成《河嶽英靈集》，上有一段說初唐詩歌發展的話，相當概括而準確：

　　　　武德初，微波尚在；貞觀末，標格漸高；景雲中，頗通遠調；開元十五年後，聲律風骨始備矣。

唐詩的發展階段

下面簡單介紹唐詩四期發展和主要詩人。

初唐

從辭采到風骨

唐初，是宮廷文學發展的興盛時期，由太宗（598－649）開始，到高宗（628－683）、武后（624－705）和中宗（656－710）等君主，都出現眾多君臣賦詩宴樂的作品。從詩歌創作方面來看，這時期的詩歌，仍然盛行南朝的綺麗詩風，重要的詩人僅上官儀（608－665）一人，但他的作品題材單調、視野狹窄，只求辭采上雕飾。其後，稱「初唐四傑」的王勃（649？－675？）、盧照鄰（636？－689？）、楊炯（650－？）和駱賓王（626？－684？）先後出現。作品除了有較廣闊的視野，也多了昂揚真摯的個人情感，例如楊炯的《從軍行》：

> 烽火照西京，心中自不平。
>
> 牙璋辭鳳闕，鐵騎繞龍城。
>
> 雪暗凋旗畫，風多雜鼓聲。
>
> 寧為百夫長，勝作一書生。

風格和情感都絕不同於初唐開國三十年時，那份承南朝綺麗

的詩歌風格。不過，明確地提倡興寄風骨的，是陳子昂。陳子昂有幾句著名的話：

　　　文章道弊五百年矣！漢魏風骨，晉宋莫傳。……
齊梁間詩，彩麗競繁，而興寄都絕。

（《修竹篇序》）

他對魏晉六朝以來的文學綺麗繁縟，很看不過眼。所以他的詩在題材上刻意開宏，寫社會、歷史及政治等大題材，如最著名的《登幽州台歌》：「前不見古人，後不見來者。念天地之悠悠，獨愴然而涕下。」就是人在永恆無奈中的寂寞和詠歎。也可以說，在這樣的詩歌出現後，六朝綺靡詩風就正式退出唐詩舞台。唐詩繼承漢魏風骨，同時兼容六朝的聲調文采，也開始進入名家輩出、佳作如林而題材多樣的盛唐時代了。

張若虛

　　未談盛唐詩，初唐詩人中，還要提一下沈、宋和張若虛（生卒不詳）。沈是沈佺期（656？－714？），宋是宋之問（656？－712？），這裏先談張若虛。七言古詩，不可不談絕佳作品《春江花月夜》。這首詩把深刻思索的人生哲理、濃烈的相思和離別情感，結合春江月夜的優美景色，塑造一片澄明如詩的意境，在中國古典詩史上，能把寫景、抒情、議論糅合得如此圓融精妙的詩歌，難得一見。這首詩語言清新

流麗，音調和節奏婉轉悦耳，明淨的月夜，寫得極富韻味。
引錄全首如下，好認識初唐一首絕妙好詩：

春江潮水連海平，海上明月共潮生。

灩灩隨波千萬里，何處春江無月明！

江流宛轉繞芳甸，月照花林皆似霰。

空裏流霜不覺飛，汀上白沙看不見。

江天一色無纖塵，皎皎空中孤月輪。

江畔何人初見月？江月何年初照人？

人生代代無窮已，江月年年只相似。

不知江月待何人，但見長江送流水。

白雲一片去悠悠，青楓浦上不勝愁。

誰家今夜扁舟子，何處相思明月樓？

可憐樓上月徘徊，應照離人妝鏡台。

玉戶簾中卷不去，搗衣砧上拂還來。

此時相望不相聞，願逐月華流照君。

鴻雁長飛光不度，魚龍潛躍水成文。

昨夜閒潭夢落花，可憐春半不還家。

江水流春去欲盡，江潭落月復西斜。

斜月沉沉藏海霧，碣石瀟湘無限路。

不知乘月幾人歸，落月搖情滿江樹。

此詩是初唐在聲律方面集大成作品，不僅音調和諧、描繪精

緻，且結合自然萬物清新永恆的特質，探討宇宙人生萬物之理，通篇不離春、江、花、月、夜，描繪出如詩如畫的美景，情景理相生相扣，融合無間，意境深邃邈遠，歷來為詩評家激賞。

沈佺期、宋之問

除了陳子昂和張若虛，初唐還有沈佺期和宋之問兩位詩人，值得留意。兩人雖然都留下一些不俗的詩歌作品，可是最大的貢獻是把五言律詩定型化，所以明代王世貞（1526－1590）很清楚地說：「五言至沈宋始可稱律。」中國詩歌聲律的探討，在東漢開始，魏晉時期有所發展，南北朝則有沈約（441－513）等人對聲韻進行專門的研究和探討，除「四聲八病」的探討，五言律詩也逐漸在此時期形成，這在上一章已簡略提及。到了初唐，沈、宋等人在當中將聲律等問題和規限簡化，成為唐代近體詩五言詩的形式。

五言成熟定型的同時，七律也在發展，沈、宋兩人，也有不少成功的作品。沈佺期的《獨不見》就很值得重視：

盧家少婦鬱金堂，海燕雙棲玳瑁梁。

九月寒砧催木葉，十年征戍憶遼陽。

白浪河北音書斷，丹鳳城南秋夜長。

誰謂含愁獨不見，更教明月照流黃。

後世對此詩評價很高，而更重要的是觀察此詩，可以

發覺七律格式已經相當完整。經過初唐的摸索和醞釀，五七言詩格式成熟，為準備進入「盛唐」做好準備，於是輝煌燦爛的詩歌時代便緊接出現了。

盛唐

盛唐之稱「盛」，在出色詩人之多，也在題材格式採用之廣泛，亦在風格手法之豐富多元，當然更在優秀詩歌作品冠絕歷朝，由量到質，盛唐詩都毫無疑問，是中國詩歌的黃金時代。重要的詩人中，當推李白、杜甫、孟浩然（689－740）、王維（701－761）、王昌齡（698－756？）、王之渙（688－742）、高適（706？－765）及岑參（715－770）等人。

詩仙李白

李白，字太白，祖籍隴西成紀（今甘肅），號青蓮居士，賀知章（659？－744？）曾讚為「謫仙人也」，後世有「詩仙」的美譽，現存可見詩歌 980 多首。李白少年時代任俠好劍，尚義讀奇書，曾入峨嵋山隱居修道，性好漫遊，遍走名山大川。這些經歷和性向，對他詩歌作品影響甚大。他的詩歌橫逸具個性，氣勢雄奇而鮮活具感染力；不受格律限制，又熱情奔放，既有慷慨悲聲的歌行，也有幽懷婉轉的五七絕詩，都取得了極高的藝術成就。李白的詩，示範了詩人那一份天才橫逸、深情又出世的氣質，如何令詩歌這種文學作品，產生強烈的藝術感染力。在這方面，數千年中國文學史，沒有人及得上李白。舉其兩首著名作品為例：

棄我去者，昨日之日不可留；亂我心者，今日之日多煩憂。長風萬里送秋雁，對此可以酣高樓。蓬萊文章建安骨，中間小謝又清發。俱懷逸興壯思飛，欲上青天攬明月。抽刀斷水水更流，舉杯消愁愁更愁。人生在世不稱意，明朝散髮弄扁舟。

（《宣州謝朓樓餞別校書叔雲》）

花間一壺酒，獨酌無相親。舉杯邀明月，對影成三人。月既不解飲，影徒隨我身。暫伴月將影，行樂須及春。我歌月徘徊，我舞影零亂。醒時同交歡，醉後各分散。永結無情遊，相期邈雲漢。

（《月下獨酌》）

這兩首作品都展現出李白獨特的詩人個性，情感起伏跨度廣闊，想像力豐富。其他如《將進酒》、《蜀道難》等詩，古風更加有助抒發他飄逸不羈的胸懷情感；另一方面，李白的絕詩也是極具藝術價值。如果說李白的是詩人氣質，那杜甫就是從另一方面，展示偉大詩人的條件：技巧和關懷，後世人喜歡用「沉鬱頓挫」來概括杜甫的詩風。

詩聖杜甫

杜甫今存詩約有 1500 首，後世人稱他「詩聖」，這是稱讚他詩歌技巧精純，長於格律體式；也稱他「詩史」，是指他的詩反映了當時戰火連年下的百姓生活。下引其兩首代表作品，見出其詩反映社會生活和技巧精純：

車轔轔，馬蕭蕭，行人弓箭各在腰。爺娘妻子走相送，塵埃不見咸陽橋。牽衣頓足攔道哭，哭聲直上干雲霄。道傍過者問行人，行人但云點行頻。或從十五北防河，便至四十西營田。去時里正與裹頭，歸來頭白還戍邊。邊庭流血成海水，武皇開邊意未已。君不聞漢家山東二百州，千村萬落生荊杞。縱有健婦把鋤犁，禾生隴畝無東西。況復秦兵耐苦戰，被驅不異犬與雞。長者雖有問，役夫敢申恨？且如今年冬，未休關西卒。縣官急索租，租稅從何出。信知生男惡，反是生女好。生女猶得嫁比鄰，生男埋沒隨百草。君不見，青海頭，古來白骨無人收。新鬼煩冤舊鬼哭，天陰雨濕聲啾啾。

（《兵車行》）

這是杜詩中的名篇，諷世傷時，旨在反戰和諷刺君主的窮兵黷武。詩首寫士兵出征，家屬妻兒相送的悲慘情景，畫面具體而震人心。往後再寫婦代男耕，農村蕭條零落；連年征戰，征夫久不得歸家，令百姓惟恐生男和戰場屍骨遍野，令人生寒。此詩揭露唐王朝好戰的罪惡，盡致淋漓，寓情於敘事，結構縝密而聲調抑揚頓挫。另一首《登高》，則是七律詩的典範：

風急天高猿嘯哀，渚清沙白鳥飛回。

無邊落木蕭蕭下，不盡長江滾滾來。

萬里悲秋常作客，百年多病獨登台。

艱難苦恨繁霜鬢，潦倒新停濁酒杯。

這首詩是杜甫離世前三年所作，「老去漸於詩律細」的杜甫，在此詩中展現了超凡入聖的律詩技巧，不負「詩聖」之譽。詩的前四句寫景，由環境氣氛到自然動靜物，形象都非常生動。後四句抒情，在惹人觸動的客觀環境下，詩人把自己的艱難潦倒，描繪得深刻感人，由空間（萬里）到時間（百年），由「常作客」到「獨登台」，詩人造像實在極具感染力。再加上音調鏗鏘，全詩八句皆對仗等，嚴於格律，難怪明代胡應麟（1551－1602）譽之為「古今七言律詩之冠」。

李白和杜甫都是中國詩歌史上最頂尖的人物，樹立了標誌中國古典詩藝術成就的高峰，對後世影響甚深。整體而言，杜甫下開了重視技法和反映現實社會這兩種重要的詩學觀念；李白詩抒寫人性靈情感為主，雖千百年來，迷倒不少文人，追效摹擬的詩人不少，但真能達到他們這種藝術感染力和技巧高度的，可謂絕無僅有。

詩佛王維

李、杜之外，盛唐的出色詩人甚多。王維有「詩佛」之稱，留下 400 多首詩歌，以寫山水田園詩著名。晚年過着「萬事不關心」般亦官亦隱的生活，連安史之亂這樣的大事，也不見在詩中反映和抒發，反而都是描寫自然景物，表

達靜居生活中的閒情逸趣，而且常帶有濃厚的禪味。例如：

　　獨坐幽篁裏，彈琴復長嘯。深林人不知，明月來
相照。

（《竹里館》）

　　人閒桂花落，夜靜春山空。月出驚山鳥，時鳴春
澗中。

（《鳥鳴澗》）

田園詩人孟浩然

　　另一位重要的田園詩人是孟浩然，他比李白還要年長
十餘歲，李白很欣賞他，曾說：「吾愛孟夫子，風流天下
聞。紅顏棄軒冕，白首臥松雲。」「白首臥松雲」一語，寫
出了孟浩然的平生。他一生過着隱居生活，沒有經歷過什麼
重大事件，連安史之亂也是在他死後十多年才爆發，所以他
的作品題材比較狹窄，但語言自然樸實，情感真摯，甚富田
園村居氣息。

邊塞詩

　　盛唐詩中，邊塞詩別具面目，可讀性高。首先要介紹
的是王之渙，他的《涼州詞》和《登鸛雀樓》都流傳千古；
至於王昌齡，則有「七絕聖手」之譽。他愛用樂府舊題抒寫
戰士報國苦戰和思念家鄉的情思，融情入景，淒涼而雄渾，
其中以《從軍行》最具代表性，而他的「閨怨」詩亦同為名

作。邊塞詩還有岑參和高適，皆是盛唐名家。高適的《燕歌行》、岑參的《走馬川行奉送封大夫出師西征》和《白雪歌送武判官歸京》，俱為唐代邊塞詩的名作。

天寶十四年（755）爆發的安史之亂，是影響唐代最深遠的事情，除了政治局面的改變，大量北人南遷，也是中國文化南移的大事件。唐代國固根基，也因此次大動亂，元氣大傷，進入了亂象紛呈的時期，也直接影響着文學的發展，其中於詩歌中的表現尤其明顯，是唐詩的重要轉折事件。盛唐一流詩人中，以杜甫受此事影響最大，打擊最深，在詩中也有最深刻的反映。

中唐

中唐大概指由德宗（742−805）到敬宗（809−827）約五十年的時期，重要的詩人包括：韓愈（768−824）、白居易（772−846）、劉禹錫（772−842）、柳宗元（773−819）和李賀（790−816）。此外尚有元稹（779−831）、劉長卿（726？−790？）、韋應物（737−792）和「大曆十才子」等，皆有相當成就。因此，儘管不及盛唐的萬紫千紅，可是縱觀數十年中唐時期，出色詩人的陣容仍然非常鼎盛。韓愈是唐代散文宗師，在散文的貢獻及成就比其詩歌更大，下文會再提及。韓愈詩歌的主要特色在着力於遣詞造句，勇於創新。

白居易

白居易是唐代創作最多的詩人，倡導「新樂府運動」，

提倡以自創新題，不講究合樂但以時事為題的詩歌作品。白詩以反映現實，抨擊社會不公為功能，所謂「文章合為時而著，歌詩合為事而作」，另外他的《長恨歌》和《琵琶行》是中國詩歌中歌行體的代表作，藝術價值極高。藝術技巧方面，白詩以淺白易懂，自謂要以「老嫗能解」為主要特色，以繼承《詩經》和杜甫的現實主義為重要成就。例如《賣炭翁》，就是通過自然平實的語言，多用白描手法塑造一個被迫害的百姓，在「宮市」壓搾下的困苦生活：

　　賣炭翁，伐薪燒炭南山中。滿面塵灰煙火色，兩鬢蒼蒼十指黑。賣炭得錢何所營？身上衣裳口中食。可憐身上衣正單，心憂炭價願天寒。夜來城外一尺雪，曉駕炭車輾冰轍。牛困人飢日已高，市南門外泥中歇。翩翩兩騎來是誰？黃衣使者白衫兒。手把文書口稱敕，回車叱牛牽向北。一車炭，千餘斤，宮使驅將惜不得。半匹紅紗一丈綾，繫向牛頭充炭值。

此詩自註「苦宮市也」，可見對於時政有深刻的批判。

劉禹錫、柳宗元

　　劉禹錫（772－842）詩歌多為抒發自身際遇和憤懣，也諷刺時政和當朝權貴，懷古詩和《竹枝詞》都寫得很好，白居易稱他「詩豪」。柳宗元（773－819）也是唐代散文大家，詩歌和散文一樣，都多是在貶謫柳州時期所寫。借山水以抒

情，情致深沉委婉，寫景細緻簡潔，像名作《江雪》：「千山鳥飛絕，萬徑人蹤滅。孤舟蓑笠翁，獨釣寒江雪。」就是情景人交融的絕妙作品。

詩鬼李賀

李賀（790－816），字長吉，是中唐詩人中，藝術面目最獨特的一位。他只活到二十六歲，但成名很早，詩歌受屈原、李白等人影響，但又能自出機杼。所謂「太白仙才，長吉鬼才」，他寫詩往往運用出人意表的意象、獨特新奇的想像、驚采絕艷的語言，令詩歌透着一種濃重的色彩，幽峭奇崛而略帶陰冷的氣氛，形象豐富鮮明，產生一種強烈而獨特的藝術感染力。他的《金銅仙人辭漢歌》寫魏明帝下令要搬走漢孝武帝時所鑄的捧露盤仙人，將它改放在前殿。傳說宮官拆下銅盤時，金銅仙人竟潸然淚下：

> 茂陵劉郎秋風客，夜聞馬嘶曉無跡。
>
> 畫欄桂樹懸秋香，三十六宮土花碧。
>
> 魏官牽車指千里，東關酸風射眸子。
>
> 空將漢月出宮門，憶君清淚如鉛水。
>
> 衰蘭送客咸陽道，天若有情天亦老。
>
> 攜盤獨出月荒涼，渭城已遠波聲小。

這首詩設想幻麗，色彩奇詭，意象和情感的起落跨幅很大，在中國古典詩歌中並不多見，反而頗有白話現代詩的味道，

這也是今天很多喜歡現當代文學的人，常會喜歡李賀詩歌的原因。

晚唐

晚唐的詩人以李商隱和杜牧（803－852？）為代表。

李商隱

李商隱因捲入牛李黨爭致仕途坎坷，抱負無法順遂。他的詩內容廣泛，由反映政治現實、詠史到懷才不遇都入詩；但以抒寫個人抱負和愛情的詩，最受重視。特別是愛情詩，感傷迷離，深情綿邈，語言綺麗精雕。他善用典故，糅合神話傳說等，詩意予讀者遼闊的想像空間，生起歎息。最能表現這種風格特色的作品，是他的七言律絕，其中又以《無題》諸作（多為七言近體）堪稱典型。詩以「無題」命篇，是李商隱的創造。這類詩作並非成於一時一地，多寫愛情，也可能別有寄寓。下面這首《無題》，一般視為愛情作品：

> 相見時難別亦難，東風無力百花殘。
>
> 春蠶到死絲方盡，蠟炬成灰淚始乾。
>
> 曉鏡但愁雲鬢改，夜吟應覺月光寒。
>
> 蓬山此去無多路，青鳥殷勤為探看。

又例如另一名篇《錦瑟》，就很能見他這些詩歌藝術特色：

錦瑟無端五十絃，一絃一柱思華年。

莊生曉夢迷蝴蝶，望帝春心托杜鵑。

滄海月明珠有淚，藍田日暖玉生煙。

此情可待成追憶，只是當時已惘然。

這些詩借清詞麗句，營造優美意象，寄情深微，意蘊幽隱而朦朧婉曲。李商隱多情而含蓄，所寫的情詩朦朧淒美，兼具濃艷沉鬱，又奇幻多姿，產生一種深情幽邈，又想像綿遠的藝術世界，在中國古典詩，特別是情詩中，佔有非常獨特的地位。

杜牧

晚唐詩人有所謂「小李杜」。李是李商隱，杜則指杜牧。杜牧的詩，以詠史和抒情寫景兩類最有藝術價值。例如有名的《赤壁》：

折戟沉沙鐵未銷，自將磨洗認前朝。

東風不與周郎便，銅雀春深鎖二喬。

借詩詠史，立意新穎，說唐詩題材意蘊豐富多元，於此可見一斑。又如他的《泊秦淮》，則是另一種情味：

煙籠寒水月籠紗，夜泊秦淮近酒家。

商女不知亡國恨，隔江猶唱後庭花。

像這些作品，都是詩意淺樸，又寄託深遠；語言清麗而畫面鮮明，反映他的才氣和深情。不過，唐朝亡於 907 年，晚唐詩歌難免總透着幾分衰落哀傷。這時期的出色詩人，在作品中也或有意無意間透露了消息，例如李商隱的《登樂遊原》也會有「夕陽無限好，只是近黃昏」的喟歎。

詩歌之外，其實「詞」源於中唐，在下一章談宋代文學會介紹，此處不贅。

散文——古文運動

唐宋古文運動，由唐開始，到宋代才真正得到成功。數百年間，有三位人物最重要，分別是唐代的韓愈、柳宗元和宋代的歐陽修（1007－1072）。歐陽修留待宋代的一章才說，唐代的「韓、柳」，是古文運動的靈魂人物，當中又以韓愈更為重要。

古文與六朝文風

古文的概念，由韓愈提出，他以儒家道統的承繼者自居，曾說「非三代兩漢之書不敢觀，非聖人之志不敢存」。強調文章的功用在於「明道」，要「文以載道」。道，就是儒家思想的大道，韓愈提倡古文與宣揚儒家之道，是連在一起的。這種強調內容的寫作理念，正好糾正綺麗空洞的六朝

文風。韓愈在文壇地位甚高，追隨者甚眾，在貞元（785－805）到元和（806－821）這二三十年間，古文成為文壇主要風尚，也是唐代古文運動的黃金時期。

在此之前，在文學並無所謂古文。形式和內容，是鐘擺的兩端，讀數千年的中國文學，會發覺古代文人一直在努力找出其中的平衡點。經過六朝的發展，駢文過分重視形式的弊端和製造出來的框限，已經令文人感到疲倦和厭惡。所以唐代古文運動的出現，最直接和重要的原因，就是反對駢文，要在駢文之外，重新建立先秦諸子和兩漢史傳的文章形式。前文已指出自唐代初年，就有人高舉復古的旗幟，反對齊梁浮靡文風，這人就是陳子昂。駢文發展多時，四六對偶的形式，已經變得僵化，傷害了文章表情達意的個性和功用，所以古文運動的出現其實是文學發展的自然現象。

柳宗元與山水遊記

除了韓愈，唐代古文運動還要認識柳宗元。他也提倡「文以明道」，認為作品必須重視內容思想，文道兩者不可偏廢。他的《永州八記》是中國遊記散文的極高水平作品，對後世遊記產生重大的影響。其中寫景敍物、抒情說理，在明淨通達的文字融合得自然有感染力，比起講究對仗工巧，追求韻律節奏的駢文和魏晉山水遊記，的確是有更強的藝術感染力。茲引《永州八記》其中一篇《鈷鉧潭西小丘記》全文，

以見其中成就：

　　得西山後八日，尋山口西北道二百步，又得鈷鉧潭。西二十五步，當湍而浚者為魚梁。梁之上有丘焉，生竹樹。其石之突怒偃蹇，負土而出，爭為奇狀者，殆不可數。其嵌然相累而下者，若牛馬之飲於溪；其衝然角列而上者，若熊羆之登於山。

　　丘之小不能一畝，可以籠而有之。問其主，曰：「唐氏之棄地，貨而不售。」問其價，曰：「止四百。」余憐而售之。李深源、元克己時同遊，皆大喜，出自意外。即更取器用，鏟刈穢草，伐去惡木，烈火而焚之。嘉木立，美竹露，奇石顯。由其中以望，則山之高，雲之浮，溪之流，鳥獸之遨遊，舉熙熙然回巧獻技，以效茲丘之下。枕席而臥，則清泠之狀與目謀，瀯瀯之聲與耳謀，悠然而虛者與神謀，淵然而靜者與心謀。不匝旬而得異地者二，雖古好事之士，或未能至焉。

　　噫！以茲丘之勝，致之灃鎬鄠杜，則貴遊之士爭買者，日增千金而愈不可得。今棄是州也，農夫漁父，過而陋之。賈四百，連歲不能售。而我與深源、克己獨喜得之，是其果有遭乎？書於石，所以賀茲丘之遭也。

柳宗元借一個不為人重視的小山丘，寫成一篇情景俱佳的精妙山水遊記。短短四百字，由寫景到敍事，再到抒發個人懷抱，語言流暢自然，形象生動，又引人思索回味。「茲丘之遭」，也暗寓了詩人的遭遇，言外有無窮情味，說柳宗元的散文遊記是中國文學中，此類作品的最高水平，並不為過。

傳奇小說

傳奇，在中國文學中有兩種不同的意思。一是指唐代文人所寫的一些離奇曲折的故事，這些故事屬於文言小說，篇幅一般不長；另外傳奇也可指明清時代的長篇戲曲劇本。因此，唐傳奇是小說，明清傳奇是戲曲。

唐傳奇的特點

唐傳奇有三點值得注意，首先是作者對創作意識的覺醒。明代胡應麟說：「至唐人乃作意好奇，假小說以寄筆端。」這是討論中國古代小說究始於何時，經常被論者引用的說話。漢代有《列仙傳》、《神異傳》；魏晉六朝時期，已有像《世說新語》和《搜神記》等類近小說的作品出現，但皆形式短小，更接近隨筆記錄，故事和結構與後世小說不盡相同。最重要的是有意創作故事以抒發內心情志，有主旨表達，這種創作意圖是文學的重要元素，從這角度看，現代文

學意義的小說體裁，在中國古代文學發展過程中，是到了唐傳奇才真正出現的。

　　第二點值得注意是唐傳奇集合了敍述、描寫、議論和抒情等各種元素，又會夾入詩詞韻文，所謂「文備眾體」。第三點是唐傳奇留下了大量小說戲曲材料，後世如《西廂記》和《紫釵記》這些歷傳不衰的戲曲作品，最早的故事都源自唐傳奇。

唐傳奇的重要作品

　　從內容題材來分類，唐傳奇大概可分為神怪、俠義、愛情三大類別。神怪除了一些承襲六朝志怪的作品外，還有一些諷刺當時人熱衷功名富貴，其中的《枕中記》和《南柯太守傳》最為代表作；愛情作品有《霍小玉傳》，寫李益和霍小玉的愛情故事，到明代被湯顯祖（1550－1616）改編，即到今天，仍然是非常活躍於戲曲舞台的故事，《鶯鶯傳》到了宋元兩代，更成為膾炙人口的《西廂記》。這兩部作品的愛情故事在唐傳奇中並不美麗，兩位男主角：李益和張生，均薄倖無緣，元稹甚至説像鶯鶯這種女子，是「尤物也，不妖其身，必妖於人」的話。反而是《李娃傳》，寫風塵俠妓，可説下開中國戲曲小說中，這一類人物形象的先聲。至於俠義類，《虬髯客傳》寫李靖、紅拂女及虬髯客這「風塵三俠」的故事，情節和人物描寫均具吸引力，可讀性

極高。

事實上，唐傳奇是中國短篇文言小說的高峰。唐代之後，宋元明三代均有不少文言短篇作品出現，但藝術價值都及不上唐傳奇，只有到了清代蒲松齡（1640－1715）的《聊齋誌異》，才出現突破。

佛學講唱——變文

二十世紀初，在甘肅敦煌發現了大批寫本和圖畫等資料，這是中國文學，特別是通俗文學的一次石破天驚的發現，其中與文學最接近的首推變文。變文是寺院僧人向民眾宣傳佛教的文體，一般是講一段、唱一段地宣傳佛經中的神佛仙怪故事。「變文」一語的來源，有兩種說法：一說是佛經中的神變故事的圖畫叫「變相」，這種文體就相應叫「變文」；另一種說法是這種文體，把經文轉變了成為通俗易懂的故事。

名字的來源並不是最重要，重要的是這種講唱的方法，慢慢用來演唱歷史故事，其中較重要的有《伍子胥變文》。這時候的作品，本身未必有很高的藝術價值，可是這種說故事的方法，下開了後來「說話人」的講唱模式，影響往後千多年中國小說的發展，卻是非常重要。

小結

　　唐代國力鼎盛，達到空前的富強，唐代的長安，是當時世界上最繁榮昌盛的城市。一種開放自信而恢宏包容的文化氣象，造就了這數百年文學的空前發展。唐代文學，一方面繼承自先秦至六朝，文學在作品和理論中的摸索與推敲，總其大成，而在詩歌、散文和小說，都有了重要的發展。唐代文學的重要成就，在於糅合和總結。首先是文化昌盛，李氏胡化色彩令中西文化交流，音樂傳入對中國詩歌產生重要影響。另外，唐代文學也融合了南北文學的特點，特別是唐代詩歌，由題材、技巧到格律音樂性等，無一不是兼收古今中外的長處，形成嶄新的藝術面貌。

　　各種文體，在唐朝都成為後世發展的重要階段。詩歌出現近體，令中國文學的詩歌在唐朝以後難以再越雷池，因此另闢蹊徑，向詞和曲發展；散文則既開啟，也奠定了古文運動的成功。小說，則萌生了「寄意」這重要文學元素在虛構故事中，將小說創作正式從史傳敍事和資料記述中獨立出來，是中國古代小說發展極其重要的一筆。

▶ 科舉與文學

中國傳統讀書人一般抱着「學而優則仕」的想法，也就是通過讀書，然後進身仕途，有抱負者自然是以濟世安民為己任，只想着個人利祿的，亦希望憑此換得安定富逸的生活。自唐代以來，科舉和文學就有很重要的關係，例如唐代以詩賦取士，於是成為唐詩大為興盛的原因；北宋初年，歐陽修以主考官的身份，挑選為古文者方可登科，古文運動遂得以成功；到了明清以八股文取士，就形成了八股文數百年的風尚。其他如元代讀書人因為科舉之路斷絕，遂流落與伶人為伍，令元雜劇劇本的文學成分大為增加。因此，科舉決定了讀書人的心力投向，所以歷來對中國文學發展影響很大。

▶ 唐詩的格律

近體詩在唐代的出現和重要
意義，除了產生大批優秀的詩歌作
品，還在其為中國古典詩確立了格
律。這種音樂性的要求，包括平
仄、對仗和押韻等要求，確立了詩
歌有一定的節奏和旋律，既讀得鏗
鏘悅耳，也利便背記吟誦。大抵在
唐代完成和確立之後，在往後一千
多年，中國無數的詩人，都在這種
格律的範式中創作近體詩歌，其中
律絕之多不勝數，佳作紛陳，成為
中國古典詩的重要組成元素。

▶ 文道的平衡

「文」和「道」是中國文學，特
別是古文，一對非常重要的觀念。
「文」是形式技巧，「道」是內容思
想。由唐代開始，文章中的文道關
係，一直是文人思考討論的重要議
題。由於受儒家言志教化的傳統文

學觀念影響，唐代如韓愈等人，都強調「文以載道」，也就是要以思想內容為主，當然在韓愈等儒家門徒眼中，道，就是儒家之道。柳宗元在這方面比較進步，提出「文以明道」，不僅是記載，也要有說明的功用。由唐宋至明清，不同時代，持不同文學觀念的文人，對文和道的看重和相互關係有不同看法，如鐘擺的偏重。整體而言，文學創作應重「文道合一」，如明代王禕在《文原》的概括，為一般人所接受：「道與文不相離。妙而不可見之者謂道，形而可見之者謂文。道非文，道無自而明；文非道，文不足以行也。」雖然他把道局限在儒家思想，但揭示作品的內容和形式關係，仍然是很準確的說法。

▶ 中國文學對山水田園的態度

魏晉時期的山水詩十分興盛，唐詩中有山水田園派，這也是中國

文學的一個特點。中國以農立國，很早就和大自然建立了一種親和感，喜歡把大自然的屬性抽象化；另一方面，又會把人類的屬性比擬大自然，因而有「仁者樂山，智者樂水」的說法。甚至有不少中國古典詩人利用筆墨技巧，把山水田園景色理想化，使之比實際更美麗動人。例如詩句：「大漠孤煙直，長河落日圓。」因此詩人很少選擇寫山水之惡及不美之處，即使像李白寫《蜀道難》，也旨在使人對河山之景讚歎，而並非只為了單純描寫蜀道之驚險難行。任何朝代，都有不少詩人生於農村，長期活在農村，故對田園生活有很強的親切感，喜歡在詩文中表達和歌頌，當然這亦往往與他們在政治上的失意有極大關係。種種原因加起來，中國文學對山水田園，都是抱着正面的欣賞態度，而因為其中人性的比擬、仕途失意的寄託等，都使山水田園成為中國文學中非常重要的題材。

第五章

由雅入俗的轉折時期——宋代文學

宋代文學有兩點很值得我們注意。其一是由雅入俗的文學發展轉折階段；其二是在各體文學，特別是詩歌中，理性思考的出現和建立。

　　宋初基本上是沿襲着中晚唐和五代的文風，而縱觀有宋一代，代表文學是詞。上一章已指出詞早在中唐已出現，晚唐五代更已經有很出色的作品。只是要作為有生命力的文學體裁，是到了宋代才真正完成的。當中有幾個重要的人物，包括柳永（987？－1053？）、蘇軾（1037－1101）和周邦彥（1056－1121）。

　　由中唐開始，詞多以短章配合令曲來寫作，這情況一直至宋初都沒有改變。傳統上愛說「詩莊詞媚」，意思是詞的內容較輕靡，以愛情傷時離別等為主，詞在中晚唐以至五代出現時，就是這種特色。發展了一段時期，就變得由內容到思想都十分狹窄，停滯不前。北宋的柳永大力發展慢詞，加大了詞創作的篇幅，詞遂由過去以小令為主，出現了可容納更多內容的篇幅，他的詞集《樂章集》中，就有很多慢詞新聲，使詞調的構成，產生了重要的轉變。

　　另一位在北宋初年，為宋詞作出重大貢獻的文人是蘇軾。柳永改變了篇幅的限制，蘇軾則在題材內容上，作了大力的開拓，令宋詞成為「無事不可入」的文學，大大增強了詞的生命力。在蘇軾之後，詞可以抒寫相思戀情、失意離別，但也可以寫個人懷抱、家國愁懷、歷史興亡，甚至是傷悼等，因為有了柳永和蘇軾，宋詞才得以擺脫五代花間派的

框框而繼續發展；到了北宋末年，周邦彥等集各家大成，又在聲律格調上作了很多整理修訂的工夫。至於南宋文學，總難免擺脫中原淪落，失去半壁河山的憤恨。這種情感也成為南宋詞的重要特色，其中當以辛棄疾最可代表。

詞

五代詞

唐代和兩宋之間，尚夾着一段五代十國的時期，大約有五六十年。這時候，中國再次分裂成南北分治，南方大約同時有十國出現，北方則分別先後建立後梁、後唐、後晉、後漢及後周。這數十年的文學成就主要在詞學。後蜀趙崇祚（生卒不詳）收晚唐至當時詞人 18 家作品編成《花間集》，而最重要的詞人是南唐後主李煜（937－978）。

李煜

李煜作為南唐的一國之君，確是庸碌之人；可是他作為詞人，卻是中國文學史上非常重要的人物。他的詞擺脫花間詞人的浮靡雕飾，感情真摯，利用生動具體形象抒發深沉感慨，語言明快直接，文采動人。他的詞作，以被宋帝所擄為界分成前後兩期：前期作品題材狹窄，主要寫宴飲之樂和男歡女愛；後期作品受到亡國被擄之痛，題材廣闊，含意深

沉，佳作甚多，兼具典雅深沉和生動直接的優點，對後來兩宋的婉約派詞和豪放派詞，都產生了影響。清代納蘭容若（1655－1685）在《淥水亭雜說》說得很好：「花間之詞，如古玉器，貴重而不適用，宋詞適用而少質重，李後主兼有其美，更饒煙水迷離之致。」茲舉兩首作品為例：

　　無言獨上西樓，月如鈎，寂寞梧桐深院鎖清秋。剪不斷，理還亂，是離愁，別是一般滋味在心頭。

（《相見歡》）

　　林花謝了春紅，太匆匆，無奈朝來寒雨晚來風。胭脂淚，相留醉，幾時重，自是人生長恨水長東。

（《烏夜啼》）

　　李煜之外，還有馮延巳（903－960），也是很值得注意的五代詞人。馮延巳學問淵博，詞作多寫離情別恨，文采動人但內容單薄。部分佳作婉轉清麗，情景中寓一己感興，足供欣賞。

宋詞

　　詞起於唐代，大盛於宋代，是一種與音樂關係極其密切的文學體裁。晉代五胡亂華以後，西域文化流入中原，包括音樂的傳入，隋朝統一南北，這些音樂與民間歌曲相結

合，創造了新的樂曲，稱「燕樂」，也稱「宴樂」。既然有了樂曲，就需要有人填上曲詞，這些句子長短不一的詞作，稱「曲子詞」。隋唐燕樂，在今天當然已失傳，即使宋代也慢慢舊調陵替，這種依聲填詞到了南宋，亦逐漸與音樂脫離。詞本來是以長短句相雜的形式，配合音樂以表達婉約輕柔的情感，因此以纖弱輕靡為特色，題材原本亦多是寫相思離別的男女情愛為主。由唐、五代到兩宋，詞人留下的作品甚多，根據唐圭璋（1901－1990）先生編的《全宋詞》，共有 19000 多首作品，上承唐詩，下啟元曲。

詞為宋代代表文學，出色的詞家甚多，而且各具特色，現就不同時期簡單介紹，並交代兩宋詞的發展過程。

從五代到宋代

北宋立國之初，詞的寫作，基本上是沿着晚唐五代詞人餘風，酒筵席間的酬唱為主，內容集中在閨怨相思、分離贈別的狹窄題材，重要的詞人有宋祁（998－1061）、晏殊（991－1055）、張先（990－1078）、柳永和歐陽修（1007－1072）等人。除了柳永，北宋初詞人都是繼承的角色，少具開創性，而詞以小令為主，就難免局限了內容的發揮和表達，這情形到了柳永而得到突破。從兩宋詞的發展歷史看，柳永是第一位重要人物。

柳永

柳永在《宋史》無傳，只做過屯田員外郎的小官，在仕途上可謂極不得意。他有「浪子詞人」之稱，當時其作品風傳四方，有「凡有井水處，皆能歌柳詞」的説法。柳永與歐陽修等其他北宋初文人不同，他以詞為創作主力，詩文留世的並不多，最大貢獻在大力創作篇幅較長，音樂節奏較緩慢的慢詞，擴大了詞的體制，令詞的內容涵量和表現力都大大增加，衝破了小令的限制和寫法，奠定了宋詞往後千年，至今天仍然可以作為寫作者，表達個人生活思想和情感的文學樣式，居功甚偉。柳永本身的作品藝術性極高，意象烘托、情景交融的手法，特別是天涯淪落羈旅的作品，感染力很強。例如他的《雨霖鈴》：

> 寒蟬淒切。對長亭晚，驟雨初歇。都門帳飲無緒，留戀處，蘭舟催發。執手相看淚眼，竟無語凝噎。念去去千里煙波，暮靄沉沉楚天闊。
>
> 多情自古傷離別。更那堪，冷落清秋節。今宵酒醒何處，楊柳岸，曉風殘月。此去經年，應是良辰好景虛設。便縱有，千種風情，更與何人説。

蘇軾

這種落拓飄零的情味，動人至深，在中國文學史上，可以步趨的並不多。柳永之後，宋代詞壇出現了第二位重要

人物蘇軾。蘇軾才兼詩詞，文賦書畫俱為一時名家，不獨在兩宋，即在數千年中國文學史中，也是難得一見的藝術奇才。

詞學成就方面，除了留下許多極出色的作品外，他是柳永之外，另一位將詞開向廣闊之門，令詞在兩宋及往後可以繼續發展的重要功臣。蘇軾推動詞學最大的功勞，是擴大了詞的內容思想和情感性質，詞到了蘇軾筆下，可以寫個人懷抱、抒發離別相思、悄然歸隱、弔古傷今、寂寞心靈、酒酣肝膽、悼亡傷逝，許多前人未曾入詞的題材內容，都可以成為詞的內容。

這種突破，令詞從狹窄的相思離別、男女私情的天地中走出來。他是第一位打破「詞為艷科」的詞人，南宋王灼（1080－1160？）《碧雞漫志》説他這種大刀闊斧的開拓和革新：「指出向上一路，新天下耳目。」

蘇軾作品介紹

下面引他四首著名的作品，可見其詞內容的無所不包：

大江東去，浪淘盡，千古風流人物。故壘西邊，人道是：三國周郎赤壁。亂石穿空，驚濤拍岸，捲起千堆雪。江山如畫，一時多少豪傑。

遙想公瑾當年，小喬初嫁了，雄姿英發。羽扇綸巾，談笑間，檣櫓灰飛煙滅。故國神遊，多情應笑

我，早生華髮。人間如夢，一尊還酹江月。

（《念奴嬌·赤壁懷古》）

丙辰中秋，歡飲達旦，大醉，作此篇，兼懷子由。

明月幾時有？把酒問青天。不知天上宮闕，今夕是何年？我欲乘風歸去，又恐瓊樓玉宇，高處不勝寒。起舞弄清影，何似在人間？

轉朱閣，低綺戶，照無眠。不應有恨，何事長向別時圓？人有悲歡離合，月有陰晴圓缺，此事古難全。但願人長久，千里共嬋娟。

（《水調歌頭》）

三月七日，沙湖道中遇雨。雨具先去，同行皆狼狽，余獨不覺。已而遂晴，故作此。

莫聽穿林打葉聲，何妨吟嘯且徐行。竹杖芒鞋輕勝馬，誰怕？一簑煙雨任平生。

料峭春風吹酒醒，微冷，山頭斜照卻相迎。回首向來蕭瑟處，歸去，也無風雨也無晴。

（《定風波》）

乙卯正月二十日夜記夢。

十年生死兩茫茫！不思量，自難忘。千里孤墳，無處話淒涼。縱使相逢應不識，塵滿面，鬢如霜。

夜來幽夢忽還鄉。小軒窗，正梳妝。相顧無言，惟有淚千行。料得年年腸斷處，明月夜，短松岡。

（《江城子》）

四首作品,《念奴嬌》借赤壁懷古而傷今;《水調歌頭》由望月思念弟弟而想到人生聚散無期的感慨無奈;《定風波》借日常生活抒發個人懷抱;《江城子》因夢悼念逝世多年的妻子。可見蘇軾以高超藝術技巧和真摯情感,示範如何把詞擴展成為寫景抒情、遣志述懷,而成為藝術性甚高的文學作品。

周邦彥、秦觀

有了蘇軾和柳永的變革與推動,詞無論在本質和容量方面,都得到很大的發展,成為中國文學中獨當一面的體式。到了周邦彥執掌整理古代樂曲的政府機關大晟府,他聚集了一班詞人,大幅整理訂正詞調樂曲,把許多格式固定下來。周邦彥填詞講究音律,重法度,善於狀物言情,語言洗練典雅,可以説,總結了整個北宋的詞學發展,從音律到技法,都推重講究。特別是蘇軾逝世後,詞壇以周邦彥為領袖,地位更是一時無兩。

在周邦彥之前,值得一提的還有秦觀(1049-1100)。秦觀是「蘇門四學士」之一,比蘇軾小十三歲,兩人亦師亦友,可秦觀詞別具一格,更多吸收南唐和北宋初各家風格,形成一種婉約工麗的味道。以他膾炙人口的《鵲橋仙》為例,可見其詞作的藝術風格:

纖雲弄巧,飛星傳恨,銀漢迢迢暗度。金風玉露

一相逢，便勝卻人間無數。

　　柔情似水，佳期如夢，忍顧鵲橋歸路。兩情若是
久長時，又豈在朝朝暮暮。

此詞傳誦千年，語言典雅婉約，立意新奇，實是不可多得的
佳作。

從北宋到南宋——李清照

　　靖康元年（1126），發生了靖康之難；1127 年，高宗
趙構（1107－1187）即位，改元建炎，建立南宋王朝。到了
1276 年，宋太皇太后謝氏向蒙古人投降，南宋王朝亦告滅
亡。詞由北宋入南宋，在山河破碎的歷史現實下，產生了急
遽的變化。不過未談南宋詞之前，讀中國古典文學，還要認
識身當兩宋之世的女詞人李清照（1084－1155）。

　　李清照之重要，首先應在她大抵是中國古代文學史
上，最受推崇、最有成就的女作家。李清照現在留下的詞作
只有五十多首，可是幾乎每首都是佳作，她能從很平凡瑣碎
的日常生活中，用平實的語言，表達微妙幽渺的情思。

愛國詞人辛棄疾

　　詞進入南宋，主要向兩條路子發展：其一是書寫山河
破碎，矢志恢復河山的家國懷抱；其二是目睹事無可為，遂
有流連江湖，樵隱不出的淡泊心跡。簡單來說，南渡後首數

十年，愛國志士悲憤激昂，以復國北伐的聲音最為響亮，重要詞人當然首推辛棄疾（1140－1207），詩人陸游（1125－1210），也留下不少出色的詞作，此外，陳亮（1143－1194）、劉過（1154－1206）等人，都寫了不少名篇。

南宋愛國詞，以辛棄疾的作品為代表。與蘇軾兼擅各體不同，辛棄疾把滿腔文學熱情，集中傾注在詞的創作。其詞以豪放見稱，作品中表現出英雄氣概和強烈的時代呼聲，惟是亦不乏感慨情深之作，這種兼得剛柔雙美的文人，在中國文學史上並不多見，蘇軾和辛棄疾在南北兩宋，皆堪作代表和典範。試看辛詞：

醉裏挑燈看劍，夢回吹角連營。八百里分麾下炙，五十絃翻塞外聲。沙場秋點兵。

馬作的盧飛快，弓如霹靂絃驚。了卻君王天下事，贏得生前身後名。可憐白髮生。

（《破陣子·為陳同甫賦壯詞以寄之》）

前九句豪情壯志，飛揚慷慨，最後一句「可憐白髮生」陡然一轉，憤激悲愴。這種跌宕多姿，正是辛詞特色之一。辛詞好用典而不生硬，多議論而結合內心情思，口語運用也自然親切。

格律派詞人姜夔

此時尚有一位重要詞人姜夔（1155？－1209），他一生未仕，擅音樂，喜自創曲調再填詞，上承周邦彥精研格律，也有自己的發展，是南宋格律派詞人的代表人物。姜夔善音律，作詞講究章法結構，能自度曲調，善於在詞中表現出一種清幽冷雋的氣氛和特色，在詞史上面目獨特，不足處是題材狹窄，只多記遊詠物之作。像下面所引的《揚州慢》，寫家國身世之感慨的並不多：

淮左名都，竹西佳處，解鞍少駐初程。過春風十里，盡薺麥青青。自胡馬、窺江去後，廢池喬木，猶厭言兵。漸黃昏，清角吹寒，都在空城。

杜郎俊賞，算而今、重到須驚。縱豆蔻詞工，青樓夢好，難賦深情。二十四橋仍在，波心蕩、冷月無聲。念橋邊紅藥，年年知為誰生？

這是姜夔1176年路過揚州時寫成的作品。眼前一片劫後蕭條，作者寫來具體動人，感慨萬端，是他反戰爭反侵略的家國情懷名作，可是這類作品在他的詞作中並不多，更多的是抒寫個人身世飄零和相思離別之情。

南宋末年詞人

隨着國事日非，南宋苟安的局面漸趨穩定，朝廷上下

也變得不思進取，無心北伐，一心以議和換取偷安江左。知識分子感事無可為，強大的無力感，令南宋滅亡前的數十年，出現「江湖詞人」一派，包括吳文英（1207？－1260）和劉克莊（1187－1269），他們對現實政事感到極度失望，在作品中流露出不問功名，只追求閒逸的淡泊和消沉。這種消沉和事無可為的心態，一直到南宋的遺民詞人如周密（1232－1298？）、王沂孫（？－1290？）、張炎（1248－1320？）和蔣捷（生卒不詳）等詞人均如此，其中周密《隱居》的兩句詩，可以道盡南宋亡前的數十年，知識分子在詞作中不再問復國中興，失去了為家國奮發雄心的寫照：「事有難言惟袖手，人無可語且看山。」盛行三四百年的詞，也在這種淡泊中漸漸熄滅了藝術的光芒，讓位散曲在元代接棒，而一直要等待到清朝才再復興。

宋詩

嚴羽（生卒不詳）在《滄浪詩話》中評論宋詩說是：「以文字為詩，以才學為詩，以議論為詩。」總結指出了宋代詩歌的最主要特點。在唐代，詩歌是表現情志為主，詩人描情畫景，吟風弄月，講究氣象和抒發個人懷抱。宋詩在理學興起和要走出唐詩舊套的兩種力量驅使下，出現了另一種面目，也是中國詩歌的重要發展時期。

從形式到理趣

宋初的楊億（974－1020）、劉筠（971－1031）和錢惟演（977－1034）等人掌詩壇，尊李商隱為宗，所作多言之無物的形式之作，靡然成風，後楊億編《西崑酬唱集》，產生形式主義的歪風。同時代的王禹偁（954－1001），作詩宗白居易，多關懷社會人民，風格簡單平易。往後詩人如石介（1005－1045）、梅堯臣（1002－1060）、蘇舜欽（1008－1048）和歐陽修，都大力反對西崑派的形式浮誇，下開了兩宋重理趣，平實直道的特色。後來曾鞏（1019－1083）、王安石（1021－1086）和「三蘇」出現，宋詩的藝術成就達到了一定的高度。

江西詩派

不過，對宋詩影響最大的是以黃庭堅（1045－1105）為首的「江西詩派」。江西詩派之得名，是宋徽宗（1082－1135）時呂本中（1084－1145）作《江西詩社宗派圖》，尊黃庭堅為詩派之祖，下列陳師道（1053－1101）等二十五人，認為他們與黃庭堅一脈相承。嚴格來說，江西詩派並無嚴格系統的理論，只是詩歌藝術上見解相近，互作交流切磋。其中最重要的是黃庭堅主張的「奪胎換骨」和「點鐵成金」，強調創作詩歌要師承前人之辭，以故為新，但同

時又要求詩人要「自成一家」。江西詩派理論在藝術上本有其可取之處，可惜後來末流漸淪於「無一字無來處」的狹窄追求，詩歌創作成為古書學問的把玩，雖是流弊，但也是構成宋詩面貌的重要部分，影響甚深，研習宋詩不得不重視。

愛國詩人陸游

南宋詩人中以陸游成就最大，最值得重視。陸游生於名門望族，家族中由曾祖父輩起就屢出有品德的士大夫，父親陸宰（1088－1148）是堅定的主戰派，在這種家族淵源的影響下，再加上身處偏安的南宋時代，造就了陸游成為中國文學史上最傑出的愛國詩人。陸游留下詩歌近萬首，是中國文學史上，現今傳世最多詩作的詩人，詩風雖然隨着不同時期有所不同，但始終貫徹着強烈的愛國情懷，相當動人，也成為他詩歌最主要的特色。茲引兩首，以見其生死不忘家國復興：

> 早歲那知世事艱，中原北望氣如山。
>
> 樓船夜雪瓜洲渡，鐵馬秋風大散關。
>
> 塞上長城空自許，鏡中衰鬢已先斑。
>
> 出師一表真名世，千載誰堪伯仲間。

（《書憤》）

三萬里河東入海，五千仞嶽上摩天。

遺民淚盡胡塵裏，南望王師又一年。

（《秋夜將曉出籬門迎涼有感》）

陸游也有一些詩句清麗婉轉，曉暢自然，可讀性甚高。如「小樓一夜聽春雨，深巷明朝賣杏花」（《臨安春雨初霽》）；「山重水複疑無路，柳暗花明又一村」（《遊山西村》），都是傳誦至今的名句。陸游之外，尚有楊萬里（1127－1206）和范成大（1126－1193），他們和陸游同時期，詩名和成就均稍遜，但都是當時著名詩人，在引領宋詩擺脫江西詩派的影響，功勞不小。南宋中後期，有所謂四靈詩派和江湖詩人，都反對江西詩派以學問為詩的風尚，其中劉克莊和戴復古（1167－1248？）成就較高。

宋詩的筋骨思理

宋代留下來的詩歌數量超過 250000 首，詩人數量近萬人，比唐代還要多。可是，唐詩之後，宋詩難以為繼，也是容易理解的事實。宋代詩人另闢蹊徑，希望在唐詩以外，嘗試更多的寫法，於是出現「以文為詩」、詩的散文化、議論化。錢鍾書比較唐宋兩代的詩說：「唐詩多以丰神情韻擅長，宋詩則以筋骨思理見勝。」這兩句話說得很好、很準確，也簡單總結了唐宋詩歌最重要的分別。

散文──古文運動的完成

　　嚴格來說，唐代古文運動並沒有成功。雖然韓愈和柳宗元一洗文章綺麗之風，但在他們死後，並沒有古文的優秀作者出現，因此慢慢出現衰落的現象，特別是晚唐時期，駢文賦體等仍然十分興盛，名家屢見，例如李商隱就是寫駢文的高手。古文運動要到北宋初年，才得以延續，最後完成，確立了散體文的正宗地位，成為宋至清各朝代的主要文章體裁。

　　宋代散文大盛，作家和作品均很多。根據《全宋文》所說：「宋代文章，有別集流傳者六百餘家，如以無別集而文章零散傳世者合而計之，作者將逾萬人，作品超出十萬。」宋代，特別是北宋前期，是中國散文發展繼先秦之後的另一高峰，當中最重要的人物是歐陽修，其次是蘇軾。如果論散文的成就，宋代比唐代一點也不遜色，「唐宋古文八大家」之中，就有六人是北宋時期的，而且經過歐陽修和蘇軾等人之後，中國古典文學的「文」，就一直以散文為主、為正宗，歷明清而到民國之後，才出現白話散文。

歐陽修

　　北宋初年，本來文章寫作仍因當時「西崑體」的影響，駢儷風氣甚盛。歐陽修出現，以文壇盟主的地位，領導當

時文壇，有意識地反對西崑風氣，對詩文革新起了很大的作用。在他身邊，有尹洙（1001－1047）、范仲淹（989－1052）、梅堯臣和蘇舜欽等人相呼應。歐陽修作為主持考試的重臣，其藝術取向很大程度上，決定了當時士子文風，更直接推動和造就了古文運動的成功。

歐陽修的散文風格，上接唐代韓、柳的文學理論，主要是從容不迫、溫婉紆徐。他主張「文」「道」合一，以六經作為文學源泉，語言自然而富情味，如《醉翁亭記》、《與高司諫書》、《五代史伶官傳序》、《瀧岡阡表》和《秋聲賦》；又每多獨特見解，另出機杼，如《朋黨論》說「朋黨之說，自古有之，惟幸人君辨其君子與小人而已」；《縱囚論》質疑唐太宗釋死囚的行為，是一種干名作態的虛偽，均顯出一代散文宗匠的風範和視野。且引《醉翁亭記》首段，可見歐陽修散文的清麗溫婉，自然曉暢又情味飽滿：

環滁皆山也。其西南諸峰，林壑尤美，望之蔚然而深秀者，琅邪也。山行六七里，漸聞水聲潺潺，而瀉出於兩峰之間者，釀泉也。峰迴路轉，有亭翼然，臨於泉上者，醉翁亭也。作亭者誰？山之僧曰智也。名之者誰？太守自謂也。太守與客來飲於此，飲少輒醉，而年又最高，故自號曰醉翁也。醉翁之意不在酒，在乎山水之間也。山水之樂，得之心而寓之酒也。

山水遊記與議論

　　歐陽修之外，兩宋的散文名家當然還有王安石和「三蘇」父子，其中亦以蘇軾成就最大。談論唐宋古文，有所謂「韓潮蘇海」，以「海」來形容蘇軾文章，是指其思想深邃，題材壯闊，確是準確的比喻。北宋古文革新，到了蘇軾、王安石等人，已達至巔峰，之後以至南宋，已不復再有如此橫絕一代的散文名家。宋人受理學影響，所以宋代散文「長於議論」，此一特點，亦豐富而具體地展現於山水遊記中，名家多能以簡潔的文筆，糅合敍事、寫景、議論於一文之中。如：范仲淹《岳陽樓記》、蘇軾《石鐘山記》、曾鞏《墨池記》、王安石《遊褒禪山記》等都值得細意欣賞，且引《遊褒禪山記》為例：

　　　　其下平曠，有泉側出，而記遊者甚眾，所謂前洞也。由山以上五、六里，有穴窈然，入之甚寒，問其深，則其好遊者不能窮也，謂之後洞。余與四人擁火以入，入之愈深，其進愈難，而其見愈奇。有怠而欲出者，曰：「不出，火且盡。」遂與之俱出。蓋余所至，比好遊者尚不能十一，然視其左右，來而記之者已少，蓋其又深，則其至又加少矣。方是時，余之力尚足以入，火尚足以明也。既其出，則或咎其欲出者，而余亦悔其隨之，而不得極夫遊之樂也。

這是文中最重要的一段，充分見出王安石散文的高妙之處。遊山，卻重點寫自己的「不敢遊」，立意出奇；最後因而悟出人生處世之道理，意不在寫景，卻又把寫景、敍事、説理巧妙糅合，後人喜歡説王安石的詩文「拗折峭深」，在這篇文章也是很好的體現，在文學抒情之外，具思辯哲理，有很強的可讀性，其他如《材論》、《傷仲永》等文章，都或直接，或借事，取譬精到準確，透闢有力，反映王安石聰明絕頂和倔強的個性。

話本小說

宋代是中國文學由雅入俗的年代，小説和戲劇的發展是最重要的部分。先談小説，中國小説發展到宋代，承繼唐代變文講史的發展，產生了重大變化，影響往後千年的小説發展，這就是話本小説的出現。話本是宋代的白話小説，宋代流行「説話」的百姓娛樂方式，類似香港數十年前的「大笪地講古」，由説書人講唱各種題材類型的故事，講唱內容的底本，便稱為「話本」。其中以講述歷史故事傳説的「講史」最受歡迎，講故事的人稱為「説話人」或「説書人」。

宋之前，各體小説，包括唐傳奇、六朝短篇等，都是用文言寫成，由創作到閱讀的都是文化水平較高的人士。唐宋新興起的話本小説，出於民間藝人的口頭創作，語句通俗活潑，自然易懂，令説故事變成普及，提供小説蓬勃發展的

基礎和可能，開創了小說的新局面。這種市民氣息的建立，除了語言的轉變，還有故事內容，以平常百姓的生活為主要題材，市民百姓也成為小說中的主要人物，社會上各階層人物，都進入了中國小說作品中，在宋代之前，是很少出現的。

諸宮調及雜劇

社會和文化的發展對宋代文學影響很大，包括經濟發展令人民生活較富裕，對娛樂消遣的追求增加；另外印刷術的普及使知識流播容易，這些都大大有利通俗文學的出現，所以中國文學在宋代出現由雅入俗的轉折，實在不是偶然的事。另一方面，中國通俗文學的興盛和發展，包括戲曲和小說，與瓦舍關係甚大。

所謂瓦舍，是宋朝所創設的集演藝、市集為一體，供市民日常娛樂消遣的大型遊樂場。宋代經濟在中國南北分裂多年後漸次恢復，而且發展得很快，商業化的社會和富閒安定的生活，催使市民百姓對日常娛樂的需求。另一方面，宋代因為戰爭對城市的破壞，取消唐代實行的「坊市制」，即不再把居民區（坊）和交易區（市）分隔，商業活動可以在任何地方進行，加上交易時間的加長，取消了宵禁，夜市變得很熱鬧。在這種市民意識興起的時代變化中，瓦舍除了成為商業交易的重要場所，也成為各種藝耍、說書、雜劇演出

的集中地。這種社會變化,對中國文學近七八百年影響甚大,特別是通俗文學在元明清三代,漸有取代詩文為最重要文類的情況,與這種瓦舍文化的出現,甚有關係,不可不知。

小結

宋代文教大盛,太祖趙匡胤曾垂令後人不可濫殺文人,整個時代氣圍是頗有利於文學的發展。《宋史‧藝文志》記載:「君臣上下,未嘗頃刻不以文學為務,大而朝廷,微而草野,其所制作、講說、紀述、賦詠、動成卷帙。」在這種有利條件下,宋代文學成就甚大,既有繼承和完成,例如古文運動;也有變化開拓和發展,例如詩詞、小說、戲曲。

清代蔣士銓(1725－1785)說過:「宋人生唐後,開闢真難為。」唐詩經過唐代二百多年的燦爛輝煌之後,在宋代「分拆」為宋詩與宋詞,分別向不同路子發展。宋詞名家輩出,佳作滿眼,是中國文學的重大成果,而且綿展往下千年,至今天仍有愛好古典文學的人寫作。宋詩則在唐詩發展至極致之後,為古典詩走出另一條路向,重理趣和散文化等,展現了中國古典詩的別種面貌。

不過要說影響,小說和戲曲的萌芽初熟,意義更大。宋代文學,一方面受理學大盛的社會心理影響,另一方面隨着經濟發展,更朝向市民百姓階層,作品的內容和意識,以

至表達流播的方法，都趨向市民階層靠攏。這種由雅入俗的轉變，推動着元明清三代文學發展，而對於小說和戲劇的影響，尤其深遠。

▶ 瓦舍的興起

在宋代大盛的瓦舍，對於宋元以後的通俗文學，影響甚大。瓦舍的出現，是因為北宋初年經濟轉趨繁榮，人民經歷五代十國的戰亂後，生活開始安定，於是對娛樂消遣的要求有所增加。瓦舍類似現今的「大笪地」。在這些瓦舍場地裏面，有妓院、酒肆、貨攤和勾欄等。勾欄就是固定的戲劇演出場所，這與漢隋臨時性露天演出到唐代經常性的寺院戲場，都有了很大的進步，也為宋元戲劇的興起，提供了最重要的條件。另外，說話人在瓦舍說書（講故事）謀生，也直接形成了往後的話本和章回小說。所以說宋代瓦舍的出現，對中國文學的小說和戲曲極有影響，研習文學不能只從文字技巧和故事題材等文本內研究，社會時代、科技經濟、山川地理等環境因素，全都會影響文學藝術的發展。

▶ 詩莊詞媚

根據《古今詞論》一書引清代李東琪說：「詩莊詞媚，其體原別。」這是中國文學對詩詞特色的分別的基本理解。詩在唐代，普遍應用在各種場合，題材也很廣泛，不像詞在中晚唐興起至五代甚盛，都是多在酒筵宴會的歌舞曲樂中歌唱和填寫。因此也有說「詞為艷科」，即多寫傷感離別、愛情宴樂的場面和情感。

▶ 宋人尚理

對於宋代的思潮文化，大家都喜歡強調理學所產生的影響，特別是對宋詩的評價。宋詩重說理，有議論化和哲理化的傾向，強調所謂「理趣」，追求哲理和形象結合，理和情的巧妙糅合，留下許多佳句。著名的如蘇軾《題西林壁》：「橫看成嶺側成峰，遠近高低各不同。不

識廬山真面目，只緣身在此山中。」
王安石《登飛來峰》：「飛來峰上千
尋塔，聞說雞鳴見日升。不畏浮雲
遮望眼，自緣身在最高層。」楊萬
里《過松源晨炊漆公店》：「莫言下
嶺便無難，賺得行人錯喜歡；正入
萬山圈子裏，一山放出一山攔。」
這些詩都是透過日常生活，道出哲
理領悟。這是宋詩非常突出的藝術
特點，也成為後世不少人批評宋
詩，認為其及不上唐詩的原因。

▶ 佛教與中國文學

　　中國文學與佛學關係很深，漢
唐以來，一直至明清，很多文人都
或多或少相信佛教思想，唐代皎然
的《詩式》運用佛教概念評論詩歌；
王維有「詩佛」之稱，白居易和蘇
軾等大家，都頗多與僧人交往。佛
教思想既體現在文人日常言行生
活，更影響他們筆下作品的思想內
容。寺院又常成為說話人和戲劇演

出的場所，對通俗文學的發展起很大作用。

　　南宋嚴羽的《滄浪詩話》提出了「以禪喻詩」。禪道，講究不可言說的頓悟。以禪喻詩，指出詩歌與禪道在本質上有相通之處，就是「妙悟」。由於宋代詩歌強調學問才力，嚴羽就是要從藝術角度將詩的本質清楚地指出來，這種比較抽象地，強調詩歌審美特徵的方向，除了得到當時人的認同和欣賞，亦一直影響着元明清各代的詩歌觀念，特別是如「神韻說」等詩歌理論。

第六章

時代的呼喊——元代文學

元代是中國歷史上第一次被外族（蒙古人）所統一統治，這與之前南北朝或南宋的情況不相同。中國歷史上只有兩次真正被外族所完全統治，就是元朝和清朝，對漢族人，特別是知識分子和漢文化產生了重大的影響。

元代文學以「曲」為代表。「元曲」有廣義和狹義之分，廣義除了指雜劇，亦包括散曲在內，以合樂和曲辭為主的體式。散曲分散套和小令兩種，與詩詞一樣可用於抒情敍事或寫景遣懷；狹義則專指劇曲性質的元雜劇。

元曲

雜劇

中國戲劇晚出，要到元代才達到成熟，這是讀中國文學要有的基本知識。元雜劇繼承唐代開始的歌舞劇，在宋院本和諸宮調的基礎上發展而成，是中國戲曲的黃金時代，也是元朝文學發展最重要的成就。代表作家包括有關漢卿（生卒不詳）、馬致遠（1250？－1321？）、王實甫（1260？－1336？）、鄭光祖（1260？－1320？）、白樸（1226－1306？）、紀君祥（生卒不詳）和喬吉（1280？－1345）等，優秀作品則有《竇娥冤》、《魯齋郎》、《灰闌記》、《西廂記》、《漢宮秋》、《趙氏孤兒》、《梧桐雨》及《金錢記》等。

關漢卿

由於元代文人地位低落，因此在《元史》或其他資料，對他們的記載很零星瑣碎。由以上所附生卒資料的匱乏不足已經可見。關漢卿是元代最重要的作家，無論雜劇或者散曲，都取得很高的成就。《錄鬼簿》有簡單的記載，說他是大都人，號已齋叟，曾任太醫府尹，大概是內廷醫務工作的一名小官。他本身精通音律，擅歌舞，多與倡優伶工交往，甚至粉墨登場。明代賈仲明（1343－1422？）曾經說他：「驅梨園領袖，總編修師首，捻雜劇班頭。」可見他在元初劇壇上享有崇高地位。

他生在元雜劇鼎盛時期，作品包括公案劇，如著名的《竇娥冤》、《魯齋郎》；其次是愛情劇，如《救風塵》、《謝天香》、《金錢記》；第三類則是歷史劇，名作有《單刀會》、《西蜀夢》和《單鞭奪槊》等。縱觀關漢卿的雜劇，內容廣泛，宏觀反映了元代人民百姓各方面的生活，當中人物形象鮮明、思想深刻，如《救風塵》刻畫妓女間的情義，也表達了真正愛情不能以財富地位來考慮。關漢卿的雜劇劇本關目（情節）緊湊，戲劇衝突緩急佈置妥當，相當有戲劇性，例如《包待制智斬魯齋郎》一劇，既富戲劇趣味，也表現包拯「智斬」奸人的機謀，觀眾讀者同感賞心悅目。語言方面，他的劇本結合民間口語，又善用古詩文語言，質樸而具情感，頗適合不同人物的性格身份的展現，在戲劇語言的運用方面，可稱元代第一人。

雜劇之外，關漢卿的散曲一樣有「本色當行」，也就是能體現出元散曲率直通俗的藝術特色。他現存小令五十多首，套數十多套。其中《前調·不伏老》套曲，反映不願妥協的性格，頗為人傳誦：

　　　　我是個蒸不爛、煮不熟、捶不扁、炒不爆、響噹噹一粒銅豌豆，恁子弟每誰教你鑽入他鋤不斷、斫不下、解不開、頓不脫、慢騰騰千層錦套頭？

其作品語言通俗明白，直寫胸臆，頗能表現元代散曲粗直豪放的特色，是元代散曲作家的「豪放派」代表。

馬致遠

　　除了關漢卿，元代另一位值得重視的作家是馬致遠。他也是大都人，在杭州當過官，晚年退隱田園，存世的雜劇共有七種。最著名的雜劇是《漢宮秋》，寫王昭君的故事，曲詞典雅清麗而富有抒情味道，且引錄《漢宮秋》中，漢元帝初見王昭君的唱詞，以見其作品特色：

　　　　【醉中天】將兩葉賽宮樣眉兒畫，把一個宜梳裹臉兒搽，額角香鈿貼翠花，一笑有傾城價。若是越勾踐姑蘇台上見他，那西施半籌也不納，更敢早十年敗國亡家。……

【金盞兒】我看你眉掃黛，鬢堆鴉，腰弄柳，臉舒霞，那昭陽到處難安插，誰問你一犁兩壩做生涯。也是你君恩留枕簟，天教雨露潤桑麻。既不沙，俺江山千萬里，直尋到茅舍兩三家。

　　馬致遠是元曲作家的「典雅派」代表人物，曲辭典雅，帶有「詩劇」的味道。其他著名作品包括《青衫淚》和《薦福碑》等，也留下很多神仙道化劇。與此同時，馬致遠也是散曲名家，散曲佳作很多。

王實甫與《西廂記》

　　王實甫的《西廂記》是中國戲曲史上的經典作品。首先，此劇打破元雜劇一本四折的規格，以五本二十一折聯篇，而且不限一人主唱，體制既巨，且亦富創新意味。此劇本故事源於元稹所寫的唐傳奇《鶯鶯傳》，再參照宋金時期的說唱故事寫成。故事寫書生張君瑞和崔鶯鶯的愛情故事。最重要的是王實甫將全劇精神主旨，重新奠放在追求純真自由的幸福愛情，當中「願天下有情人都成了眷屬」的主題意旨，成為中國戲曲小說的愛情故事中，最為人共相趨慕的愛情價值觀，傳頌至今。當然，語言典雅雋逸、清麗絕倫，也使其作品具有很高的文學價值。下面的一節歷來受到很高評價：

碧雲天，黃花地，西風緊，北雁南飛。曉來誰染
霜林醉？總是離人淚。

至於人物形象，無論是多情張生、羞窘鶯鶯還是聰慧
的紅娘，都具體鮮明，成為中國文學，以至文化史上不朽的
經典。

《趙氏孤兒》

除了《西廂記》之外，《趙氏孤兒》也是不可不提的
元代雜劇作品。此劇體例為五折，也與一般元雜劇不同，作
者是紀君祥，他現今存世的雜劇也只有這一種。此劇故事
源於《左傳》和《史記》，寫晉國大臣趙盾與奸臣屠岸賈不
和，屠岸賈向靈公進讒言，冤殺趙家上下三百餘口，只餘下
駙馬趙朔之子，得程嬰等人拚死相救，最後長大成人殺屠岸
賈復仇。全劇以救孤為主線，描寫了多位忠肝義膽的烈士，
是中國戲曲史上精彩的忠奸衝突故事。此劇享譽中外，是中
國第一部被歐洲人翻譯的劇本，在十八世紀更曾先後被法、
英、德、意、俄多國翻譯，其中法國大文豪伏爾泰（Voltaire,
1694－1778）寫的五幕詩劇《中國孤兒》，更令此故事廣為
西方文學及戲劇界所認識。

雜劇的藝術成就

現存的元雜劇劇本，主要收錄在明代臧晉叔（1550－

1620）的《元曲選》，共 100 種；另外近人隋樹森（1906－1989）則有《元曲選續編》，收錄了六十種劇本，不過很多學者認為其中不少是明代人的作品。

元雜劇最重要的藝術成就是對現實社會的反映、揭示和批判反思，它作為文學作品，把整個元代不同階層的生活面貌、悲喜禍福，通過一個又一個的戲劇故事，具體完整，全面又沉重地展現出來。元朝統治者以高壓政治來統治漢人，文化凋敝，中國文人遇到從未出現過的黑暗時代。宮天挺（1260？－1330？）《范張雞黍》雜劇中說：「滿目奸邪，天喪斯文。」這大抵就是元代文人普遍的心聲。

元代文人地位急降，在仕途上寸步難前，沉鬱下僚，遂容易收起架子，與民間藝人合作。有了知識分子的大量參與，使戲劇從量到質都提升了，藝術性提高才可令雜劇劇本躋身入中國古典文學之林。元雜劇作為綜合性藝術，包括了構成戲曲的各種元素，包括樂、歌、舞、演和白等，曲辭又成為合樂的詩詞，再加上塑造了不少出色的人物形象，因此極具藝術價值，也是中國戲劇真正成熟和完整的黃金時代。這些元雜劇出現的人物形象，在元代流落不遇的文人筆下，既擺脫了唐宋以來的文人趣味，又把筆觸深入探討不同階層和思想的人物，令劇作展現的生活世界和精神面貌，更寬宏廣大，這一點是在元雜劇之前，中國文學作品較少達到的。

雜劇的體制

體制上，元雜劇劇本結構通常是四折一楔子，合為一本，也稱為「一種」。折，即現代戲劇的幕，而楔子一般放在第一折之前交代情節、故事背景，起序幕的作用，也間有放在其他折之間或全劇最末。在臧晉叔的元曲選本中，超過三分之二的劇目是有楔子的，可見其重要性。

元雜劇中腳色最基本分末（男角）、旦（女角）、淨和丑四大類，再配合其他角色，演繹劇中不同人物。唱詞方面，元雜劇承諸宮調等，採用一人獨唱的方式，由正末主唱的是「末本」，由正旦主唱的是「旦本」，只有極少數劇目，如《生金閣》，有生旦互唱的情況。夾雜在曲辭中間的是「白」和「科」。「白」是「賓白」，即台辭；「科」是動作或表情，而「砌末」則是道具。此外尚有「題目正名」，以兩或四句韻語概括全劇故事情節，一般置於劇末。例如「沉黑江明妃青塚恨，破幽夢孤雁漢宮秋」，前句是「題目」，後句才是「正名」，也就是該劇的全名，一般又會截取最後的三或四字作簡名，因此此劇一般會稱之為《漢宮秋》。

元雜劇的重要性

元雜劇在中國敍事文學的發展上，也有極重要的地位。一方面，積累了大量的故事題材，供後世小說詩文所擷取；另一方面，元雜劇發展至後期，創作中心漸移至杭州，下開南方戲劇，出現了明代的傳奇戲曲。

讀元代雜劇，除了《元曲選》，還有兩本古書需要留意，要深入一點認識元雜劇，就要翻閱。這兩本書是鍾嗣成（生卒不詳）的《錄鬼簿》和夏庭芝（1300？－1375）的《青樓集》。《錄鬼簿》寫於元朝末年，是現存收錄元代作家資料和雜劇作品名目的重要著作。全書收錄百多位作家，對其鄉籍、生平和著述概況，大都有簡要的介紹；作品名目則有四百多種。這是現存惟一一部元代人記錄元代曲家及其作品名目的專著，是研究元雜劇非常重要而權威的資料。夏庭芝的《青樓集》是伶人傳記，約成書於元至正二十四年（1364），以小傳體的形式，記載了百多位知名戲曲及曲藝女演員的資料，是第一部記錄戲曲藝人生活的專著，保存了元曲演出方面的許多珍貴資料，也是研究中國古代戲曲不可或缺的參考書。

散曲

像宋詞是宋代的「流行曲」一樣，元代的散曲，就是元代的「流行曲」。散曲一般分為小令與套曲兩種。小令是單支曲子，如果從文學角度看，是獨立的小詩。套曲也稱「套數」，是由同一宮調的若干支曲子組成的組曲，一般是一韻到底，從文學角度看，像組詩。除了前面提到的關漢卿和馬致遠，元代後期還有著名散曲家喬吉和張可久（1270？－1348？），作品清麗而不華艷，富自然逸趣。下面引錄兩首

經典名作，分別是馬致遠的《越調‧天淨沙‧秋思》和張可久的《雙調‧折桂令‧九日》，分別代表元散曲前後期的藝術成就：

枯藤老樹昏鴉，小橋流水人家，古道西風瘦馬。夕陽西下，斷腸人在天涯。

（《越調‧天淨沙‧秋思》）

對青山強整烏紗，歸雁橫秋，倦客思家。翠袖殷勤，金杯錯落，玉手琵琶。人老去、西風白髮，蝶愁來、明日黃花。回首天涯，一抹斜陽，數點寒鴉。

（《雙調‧折桂令‧九日》）

兩首作品俱為元散曲的名作，寫天涯飄泊的傷感落寞，細膩深刻，曲辭典雅不輸唐詩宋詞。元散曲與雜劇不同，只可以清唱，沒有完整故事。這是韻文發展到元朝的一種「新詩體」，比唐詩和宋詞都更靈活，雖然同是依樂填寫，但可以加入不少襯字，令音樂和文句都更有彈性，即使要加強語氣，還是生轉折委婉的效果，襯字則予作者更大的自由。襯字以虛詞為主，一般用在句首或詞頭詞尾，字數以單數為宜，一般不超過正字的數目。有了襯字，中國韻文和各式說唱文藝，擺脫了七字句式的框格，更自由靈活，是讀元曲時應認識的。

散曲內容及藝術特色

從內容來分類，元代散曲主要分為寫景狀物和抒情述懷兩大類別。寫景狀物包括描寫風光景物、名勝古蹟，或表現遊賞之樂趣，又借詠史以諷今，批評世俗，狀物則自然景物，以至女子飾物都有。抒寫情懷，則每多是表達失時不遇和厭棄名利而慕歸隱之樂，部分以愛情或男女風情為內容，大膽程度超越唐宋詩詞，直接描寫相戀，甚至幽會時的情態和心理。

元散曲最重要的藝術特色是語言自然直率，情感真摯顯露，與傳統詩詞的含蓄委婉並不相同。簡單來說，詩詞多用比興，曲則多用賦的手法，直陳白描。另外，散曲中每多夾入方言俚語，以上這些，都是不少人認為散曲不夠文學性的原因。可是從另一角度看，元散曲語言質樸自然、鮮活有力，又正正是與唐詩宋詞不同之處，而在唐宋兩代五百多年的發展後，這種結合方言和口語，具生命力和民歌色彩的新文學語言的出現，也是文學發展的常途。所謂「文而不文，俗而不俗」，本色當行，散曲語言這種寫百姓生活和心理的語言工具，亦自有其優勢。

詩文小說

相比於曲，元代詩文小說都顯得失色，在文學史上地位不大重要。元代詩人數目，據今存康熙年間（1662－1722）

編刊的《元曲選》，其實頗不少，達 2600 多人，不過在文學史上能受到較多注意的，只有耶律楚材（1190－1244）、元好問（1190－1257）、劉因（1249－1293）、王惲（1227－1304）、盧摯（1243？－1315？）和薩都剌（1272？－1355）寥寥幾人；詞人中則有仇遠（1247－1326）較值得注意。

至於散文，經過唐宋古文運動的數百年積釀，到了元代文壇以散文為正宗已成定局，只是「宗唐」與「宗宋」之分別，影響明清散文的發展。

元代小説，以話本小説為最盛。現在有關這方面的資料殘缺，不過從《青樓集》等記載推敲，元代承宋的説話大盛，繼續流行，大抵是不會錯的。至於講史和小説，也一樣盛行。

小結

通過戲劇的興盛，元代完成了宋金二百多年來的南北文化匯合交流，這一點由雜劇和南戲最後發展融合成為明代傳奇，可以清楚見到。不獨戲曲，對整個文化發展而言，元代也是重要的時期。元代，是中國歷史文化上一段黑暗無光的日子，文人地位低下，在政治上無路可前，更遑論有什麼實質的影響力。可是從另一方面看，元代這不到百年的文學歷史，對於中國古典文學亦起了深遠重大的影響，意義不可輕視。

承着宋代因商業興旺而形成的市民意識，俗文學在元代隨着社會政治形勢的改變和促使，進入了激化催生的階段。中國文學史上，從來沒有像元雜劇這種大規模的體裁，能如此廣闊深入而又全面地反映時代人民的喜怒哀樂，整個時代面對着什麼、經歷着什麼，雜劇以代言體的文學形式，表現得透徹深刻。讀一遍元雜劇，對元代各色人等的生活和思想，我們都可以掌握和體味。這一種時代呼聲和市民意識的建立，通俗文學由小市民的角度來表達，到了創作權力重歸士大夫階層的明代，依然蓬勃發展，在明清傳奇、話本和章回小説等文類具體展示，成為中國文學重要的發展方向。

▶ 文人地位

讀元代文學，會明白到文人在時代的地位對文學發展的影響。中國古代文學的作者都是文人，今天所謂的知識分子，他們在社會上有什麼地位，能否藉科舉躋身社會上層，甚至他們的藝術品味和對時代的反應，都影響該時代的文學作品特色。以元朝為例，由於讀書人地位低，不能藉科舉進身仕途，施展抱負，因此就流落市井，與伶人為伍，於是雜劇大盛，而雜劇的內容也多反映元朝社會各色人等的生活和思想。到了明朝，傳奇興起，戲曲作家群回歸士人階層，劇本編寫之筆重新落回知識分子手中，於是他們的趣味和素養，又重新注入戲劇作品，於是明傳奇又集中地反映文人的士大夫趣味，愛情和忠烈等題材，每多見於傳奇故事中。作者地位的轉變，也是有助我們理解中國文學的一種角度。

小說及戲劇晚出

　　各體文學中，小說和戲劇較重敘事，詩歌較重抒情。中國古典文學有一個值得注意的現象，就是小說和戲劇要到了元明兩代，才開始成熟，產生大量優秀的作品。西方文學，小說產生在戲劇之後；中國文學則是先有小說，後才有成熟的戲劇演出。中國古典小說的黃金時代是明清，而戲劇是元明，都已經是文學發展了千多年之後的時期。中國古典戲劇晚出，有最重要的兩點原因：首先是中國過去以農業經濟為主，農業文明的百姓生活簡單樸素，與古希臘的航海文明相比較，自然不會產生許多驚險曲折的故事，不利敘事文學發展。其次，中國傳統以詩文為正宗，小說家言是末流，不為大雅君子所重視，甚至有點看不起小說。班固在《漢書》說：「小說家者流，蓋出於稗官。街談巷語，道聽塗說者之所造也。」

讀書人既不重視，自然就影響了發展，一直要到元代之後，才逐步成熟，出現非常出色的作品。

▶ 仕與隱的抉擇

受傳統儒家思想的影響，傳統讀書人一直在仕與隱當中抉擇進退。《論語·泰伯》記載孔子說：「天下有道則見（現），無道則隱。邦有道，貧且賤焉，恥也；邦無道，富且貴焉，恥也。」一直以來，傳統文人就在這種投身社會（仕）和歸老林泉（隱）之間選擇。從儒家思想看，兩種選擇都值得肯定和讚賞，只是考慮大環境和個人情性會否受到扭曲，這兩種心態，除了是許多文人的內心考慮，也常流露在作品中，成為中國古典文學思想內容的一大特色。元散曲作品中，就有很大部分是以「歸隱」為主題，除了反映元代文人地位低下，在「邦無道」的政治環境下，有志難

伸，也同樣顯現傳統文人清高自賞
的普遍心態。

▌ 一代有一代之文學

　　王國維（1877-1927）在《宋
元戲曲考》一書中的「序文」指出：
「凡一代有一代之文學，楚之騷、漢
之賦、六代之駢語、唐之詩、宋之
詞、元之曲，皆所謂一代之文學，
而後世莫能繼焉者也。」意思是每
個時代都有當代的代表性文學，在
不同的朝代留下大量精彩優秀的
作品。這成為後來中國文學史和評
論中，經常被引用的說法。這幾句
話，除了概括勾勒出中國文學發展
的輪廓，也指出中國古典文學中，
不同文學體裁的更迭變化、發展和
成就。當中還表達了一個重要的訊
息，就是不同體裁的作品，形式與
體例雖不相同，但在中國文學史
上，都一樣具有很高的文學價值，
不必強分高下。

第七章

追求個性解放的時代——明代文學

明代文學精彩和優秀的部分集中在中葉之後，明初百年，國勢平靖，思想受到理學和科舉桎梏，文學創作缺乏生氣，加上統治者用力箝制文學藝術的思想，文化專制的氛圍瀰漫，像太祖朱元璋（1328－1398）就曾下令禁止戲劇搬演。這種情況一直至中葉及以後，產生了很大的變化。《牡丹亭》的「一生愛好是天然」、《西遊記》的「皇帝輪流做」、袁宏道（1568－1610）的「獨抒性靈，不拘格套」，在在可見明代知識分子努力掙破時代歷史的框限。追求個性解放，是明代中葉以後一種明顯的文學力量和方向。

朱元璋在 1368 年即皇帝位，建立明王朝，至 1644 年明為清所取代。仔細觀察，270 多年的明代文學，各體文學發展步伐並不一致，其中詩文的成就，遠及不上小說和戲曲。特別是白話章回小說方面，更加是明清兩代，中國古典文學最大的發展和進步。即使元明清三代，我們常強調小說和戲曲的繁榮，但對於這些朝代的文人，詩文仍是主要的創作類別，特別是在當時政治和文壇上具影響力的人物，詩文的作品很多。中國的詩詞散文，在唐宋達到高峰，元明清則是小說和戲曲當盛的時代，雖然如此，但這只是數千年後，我們回首古代文學史發展的路程時所作的總結，對於其時其地的大部分文人，皓首詩文的研讀和寫作，才始終是常途、是主流，所以談明代文學，我們仍從「詩文」開始。

詩文

台閣體和擬古風潮

經過近百年的元代異族統治，明代初年的詩文先後出現兩種不良傾向，分別是「台閣」和「擬古」。「台閣體」的特點是雍容典雅，粉飾太平，歌頌統治者。台閣體盛行於永樂（1403－1425）、成化（1465－1488）年間的上層官僚階層文學風格，最著名的是楊士奇（1364？－1444）、楊榮（1371－1440）和楊溥（1372－1446），合稱「三楊」，其作品無真實內容和感情，藝術成就不高。「三楊」之後，有李東陽（1447－1516）領導的「茶陵派」，然後是以李夢陽（1473－1530）和何景明（1483－1521）為首的「前七子」提倡的復古主義，前七子提出「文必秦漢，詩必盛唐」的口號，這就是前面所說的「擬古」，主要是模仿和學習古人，也就是漢唐兩代的文人。這種復古主義思潮，成為明代前半部分最重要的文學思想。

前七子的復古主義在歸有光（1507－1571）等人的批評下，在嘉靖（1522－1567）初年曾衰落，一直到以王世貞和李攀龍（1514－1570）為首的「後七子」出現，在他們倡導之下，重新高舉「文必秦漢，詩必盛唐」的旗幟，更言「大曆以後書勿讀」。一時之間，文壇重新出現復古風氣。

文學與真情實感

　　與王世貞等人鼓吹復古的同期，明代出現了一位著名而影響深遠的思想家李贄（1527－1602）。李贄，號卓吾，提出「童心說」，認為「天下之至文，未有不出於童心焉者也」；「童心者，真心也」，強調作品真情實感。

　　李卓吾之後，先後再有「公安派」和「竟陵派」出現，反對復古主義。公安派的重要人物是「三袁」，即袁宗道（1560－1600）、袁宏道和袁中道（1570－1626）三兄弟，由於他們是湖北公安人，所以稱「公安派」。公安派反對模擬古人，認為時代改變，則文學無論是形式、語言及思想內容都應轉變，提出「天下無百年不變之文章」、「獨抒性靈，不拘格套」，強調文學創作貴在抒寫個人的真情實感。「公安派」之後，還有以鍾惺（1574－1624）和譚元春（1586－1637）為首的「竟陵派」。晚明時期，產生了大量小品散文，其中張岱（1597－？）的《陶庵夢憶》和《西湖夢尋》清新耐嚼，都是極出色的作品。這些作品對後世散文發展的影響很大，甚至對新文學白話文也有影響，周作人（1885－1967）就曾說過：「五四文學新散文的其中一個源流，就是明代公安竟陵的散文。」

明代詩文與時代背景

明初也有傑出的詩文作者，例如劉基（1311－1375）和宋濂（1310－1381）。不過影響明代文學發展過程，還應由明太祖朱元璋所營造的思想控制説起。明初朱元璋説過一句很可怕的話：「寰中（國內）士大夫不為君用，罪該抄殺。」朱元璋即位後，雖然努力籠絡文人，但同時進一步建立和強化思想控制。政治上中央集權、乾綱獨攬，大力提倡理學，為後人詬病數百年的八股取士，亦是他和劉基所定。思想和文化的專制統治，令天下文人噤若寒蟬、謹小慎微，可以想像，文學當然就不會走向抒寫個性，而只有復古和歌頌的兩條路最好走，也最安全。

至於詞，雖然也有一些出色詞人，例如國初的劉基、楊基（1326－1378？）；中葉的楊慎（1488－1559）、陳鐸（1488？－1521？）和晚明的陳子龍（1608－1647）、夏完淳（1631－1647），都寫下了不少出色的詞作。但是整體來說，明代是詞的衰落時代，不為中國文學史家所重視。

短篇小說

明代小說最重要的成就在長篇，可是短篇也很值得注意。如果論出現的時期，短篇在各長篇之後，不過這裏先談短篇。

明代短篇小說，分文言和白話兩類。文言短篇小說，其實是唐宋傳奇小說的餘緒，較重要的作品有瞿佑（1341－1427）的《剪燈新話》和李昌祺（1376－1452）的《剪燈餘話》；至於白話短篇小說，情況比較複雜，有「話本」和「擬話本」之分。

白話短篇小說——話本與擬話本

宋元時代的說話到了明代中葉，漸趨式微，但「說話」的底本卻隨着當時印刷事業的盛行，在文人和書商的積極參與下，大量刊行，這些文字記錄的故事就是「話本」。嘉靖年間的《清平山堂話本》，就收錄了 60 篇話本小說。由於這種新的文學形式受到重視和歡迎，因此當時的文人除了在編纂之外，更加用話本的體裁形式，以白話創作相近的小說，這些純由明代文人自行創作，而不是說話人底本的小說，就是「擬話本」。由「話本」到「擬話本」，正好表現出中國古代小說，如何由口頭講唱，逐漸發展至書面文學創作的過程。

三言二拍

這些「話本」和「擬話本」主要收集在「三言二拍」中。「三言」是指馮夢龍（1574－1646）纂輯的《喻世明言》、《警

世通言》和《醒世恆言》，三書共收錄 120 篇短篇小説；「二拍」則是指凌濛初（1580－1644）編著的《初刻拍案驚奇》和《二刻拍案驚奇》，兩書共收錄 80 篇短篇小説。有了文人的參與，這些小説就不只是單單演述故事，而是加入許多藝術手法。

「三言二拍」除了是以白話寫作之外，更重要的是題材廣泛，反映了社會不同階層的生活和思想感情，人物形象生動鮮明之餘，也不再只是寫士大夫階層，普羅百姓、小人物也每每成為小説主人公，故事情節也曲折動人，因此無論由內容到形式，都甚有價值。

其中如《杜十娘怒沉百寶箱》、《賣油郎獨佔花魁》、《俞伯牙摔琴謝知音》和《白娘子永鎮雷峰塔》，都成為後來家喻戶曉的故事，藝術手法也有很多值得欣賞之處。

《杜十娘怒沉百寶箱》

例如《杜十娘怒沉百寶箱》寫妓女癡心錯付，走不出悲慘命運；公子哥兒懦弱，對情愛不堅定的悲劇。末尾寫十娘沉江自殺前的幾段文字，非常有藝術感染力。十娘本為青樓女子，與富門子弟李甲相愛，李為她贖身，並願意攜她回鄉一起生活。十娘原以為終可擺脫青樓從良，誰知途中遇孫富，孫欲得十娘，而李甲此時，又恐回鄉後，父親會嫌棄十娘出身，心意動搖而想將十娘以千金讓與孫富。十娘知悉丈夫心意，馬上的反應是「放開兩手，冷笑一聲」，答應了李

甲，而且作者還刻意寫她仔細妝扮，情節於此陡轉直下：

　　　時已四鼓，十娘即起身挑燈梳洗道：「今日之妝，
　　乃迎新送舊，非比尋常。」於是脂粉香澤，用意修飾，
　　花鈿繡襖，極其華艷，香風拂拂，光采照人。……十
　　娘取鑰開鎖，內皆抽替小箱。十娘叫公子抽第一層來
　　看，只見翠羽明璫，瑤簪寶珥，充牣於中，約值數百
　　金。十娘遽投之江中。李甲與孫富及兩船之人，無不驚
　　詫。又命公子再抽一箱，乃玉簫金管；又抽一箱，盡古
　　玉紫金玩器，約值數千金。十娘盡投之於大江中。岸上
　　之人，觀者如堵。齊聲道：「可惜，可惜！」正不知什
　　麼緣故。最後又抽一箱，箱中復有一匣。開匣視之，夜
　　明之珠，約有盈把。其他祖母綠、貓兒眼，諸般異寶，
　　目所未睹，莫能定其價之多少。眾人齊聲喝彩，喧聲
　　如雷。十娘又欲投之於江。李甲不覺大悔，抱持十娘慟
　　哭，那孫富也來勸解。
　　　十娘推開公子在一邊，向孫富罵道：「我與李郎備
　　嘗艱苦，不是容易到此。汝以姦淫之意，巧為讒說，
　　一旦破人姻緣，斷人恩愛，乃我之仇人。我死而有
　　知，必當訴之神明，尚妄想枕席之歡乎！」又對李甲
　　道：「妾風塵數年，私有所積，本為終身之計。自遇郎
　　君，山盟海誓，白首不渝。前出都之際，假託眾姊妹
　　相贈，箱中韞藏百寶，不下萬金。將潤色郎君之裝，

歸見父母，或憐妾有心，收佐中饋，得終委託，生死無憾。誰知郎君相信不深，惑於浮議，中道見棄，負妾一片真心。今日當眾目之前，開箱出視，使郎君知區區千金，未為難事。妾簏中有玉，恨郎眼內無珠。命之不辰，風塵困瘁，甫得脫離，又遭棄捐。今眾人各有耳目，共作證明，妾不負郎君，郎君自負妾耳！」

於是眾人聚觀者，無不流涕，都唾罵李公子負心薄幸。公子又羞又苦，且悔且泣，方欲向十娘謝罪。十娘抱持寶匣，向江心一跳。眾人急呼撈救。但見雲暗江心，波濤滾滾，杳無蹤影。可惜一個如花似玉的名姬，一旦葬於江魚之腹！

這裏詳錄的幾段文字，正是要表現作者細緻深刻的小說手法。無論從現場氣氛、人物動作、語言、情感心理到故事奇峰突出而凸顯主題等各方面，都深刻具體、震撼人心，加上語言流利淺白，將一位可憐妓女的遭遇，描畫得淋漓盡致，是白話短篇小說的經典片段。

長篇小說

明代小說的黃金部分，是長篇章回小說。章回小說發展的源頭是宋元兩代的講史話本。講史就是講述歷史興亡盛衰的故事，由於內容較多，一般不會一兩次就可以講完，於

是分成若干次，也利便說話人吸引聽眾，增加收入。這種分成若干次的講述方法，就成為章回小說最早期的形態，每講一次，就成為後來章回小說的「一回」。為了提示內容以吸引聽眾，又加上題目，這就發展成為後來的回目。由於原是要設法吸引聽眾，所以章回小說每多設計懸念，「欲知後事如何，且聽下回分解」等，而「話說」、「看倌」等詞語亦常出現，都反映了其承傳話本而慢慢發展成小說形式。這種章回小說形式在明代出現後，成為長篇小說的主要模式，一直至近代的新派武俠小說如還珠樓主（1902－1961）、金庸（1924－2018）和梁羽生（1924－2009）等作家的作品，也可見到。

四大奇書

明清兩代，是中國小說進入成熟和鼎盛的時期，幾部享負盛名的作品，不獨是中國小說史上的重要傑作，也在世界小說林中佔有地位，包括《三國演義》、《水滸傳》、《西遊記》和《金瓶梅》，馮夢龍合稱之為「四大奇書」。其中《三國演義》、《水滸傳》和《西遊記》都有共同的特點，就是曾在民間長期流傳，許多故事已經為普羅百姓所熟悉，而且經過說話和戲曲藝人不斷增添和補充，內容情節變得更豐富完整，最後由具文學水平的文人，例如羅貫中（1320－1400）、施耐庵（1296？－1370？）和吳承恩（1510？－

1580？），加以潤飾整理而成書，並且將個人情感懷抱寄寓其中，而這種長篇章回小說可稱之為「累積型小說」。

《三國演義》

《三國演義》的成書經歷了很長時間累積，作者一般相信是羅貫中。元末明初出現的章回小說，其中最具藝術成就的是《三國志通俗演義》和《水滸傳》，另外尚有《平妖傳》和《殘唐五代史演義》。像羅貫中就是在話本、戲曲的基礎上，運用陳壽（233－297）《三國志》的正史材料，加上流傳的故事和自己的想像，寫成《三國演義》一書。

藝術特色

《三國演義》是中國章回小說，也是最有藝術價值的中國長篇歷史小說。全書以戰爭為主要線索，寫東漢末年黃巾起義後，各地軍閥割據，爭霸天下，最終形成魏、蜀、吳三國鼎立，終為司馬家所統一，建立晉朝約一百年的歷史。全書以蜀漢為正統，描寫多次戰爭，同時亦塑造了一大批鮮明的人物形象，例如諸葛亮的智謀、劉備的仁厚、曹操的陰險、關羽的忠勇、張飛的魯莽等，皆鮮明生動，活靈活現。此外，《三國演義》故事曲折，以劉氏蜀漢為正統，情節安排緊湊，又機謀百出，語言自然具生命力，着力描寫君臣和朋友之情，成為閱讀趣味非常濃厚的小說，數百年來，深受讀者喜愛，可以說是中國古典小說中，最能普及到百姓大眾的作品。

《水滸傳》

《水滸傳》的作者，一般都相信是施耐庵，惟他的生平事蹟留下可考的不多。《水滸傳》寫北宋末年，英雄聚義梁山的故事。這也是一部流傳了很長時期，積累了很多故事傳說，然後再經文人總結和加工修訂寫成的小說，與《三國演義》差不多同時出現。《水滸傳》的內容，主要寫各英雄的不同遭遇，最後都被「逼上梁山」所串綴而成。當中最精彩的有林沖、武松、楊志和宋江等人的故事。

《水滸傳》寫了一百零八位好漢上梁山，惟筆墨傾注不同。此書的版本甚多，傳世的主要有「節本」和「繁本」兩類；「節本」至忠義堂排座次完結，「繁本」則有招安征寇，至宋江、李逵等死去為止。

人物描寫

全書雖有聯綴傳世故事的成分，但搭渡和人物穿插自然，林沖、武松、楊志和宋江等人，不獨其故事吸引，人物形象塑造也很有成就，例如「火燒草料場」、「楊志賣刀」等片段，都把英雄被害，虎落平陽描寫得入木三分，人物也立體飽滿，比之《三國演義》，《水滸傳》在這方面是勝上一籌的。例如寫林沖初出場時，雖具英雄氣概，但對朝廷是效忠的，他只是希望安守本分，做好官職，養妻侍老，因此即使遇到高衙內調戲妻子，舉拳欲打之際，最後也忍氣吞聲，只有到最後一再被迫害暗算，才逼上梁山。看看小說中如何描寫他的強忍：

林沖趕到跟前，把那後生肩胛只一扳過來，喝道：「調戲良人妻子，當得何罪！」恰待下拳打時，認得是本管高太尉螟蛉之子高衙內。……當時林沖扳將過來，卻認得是本管高衙內，先自手軟了。……智深道：「我來幫你廝打。」林沖道：「原來是本管高太尉的衙內，不認得荊婦，時間無禮。林沖本待要痛打那廝一頓，太尉面上須不好看。自古道：『不怕官，只怕管。』林沖不合吃着他的請受，權且讓他這一次。」

　　由忍氣吞聲，處處退讓到走投無路，林沖的人物形象不斷發展圓滿，「逼上梁山」的小說主題也愈鮮明深刻，這與《三國演義》中，關羽、諸葛亮等人物，由出場至死去，都是「義絕」、「智絕」的平面寫法，並不相同。語言方面，則以口語白話為主，比《三國演義》的淺白文言，更有助描繪人物形象。

《西遊記》

　　《西遊記》的作者是吳承恩，他一生的功名仕途並不得意。他有一首詩《二郎搜山圖歌》，其中幾句是：「野夫有懷多感激，撫事臨風三歎息。胸中磨損斬邪刀，欲起平之恨無力。」後世多用來引證他寫《西遊記》，正是為了要抒發這份不平之氣。

　　至於玄奘法師取西經，在唐朝真有其事。唐宋以來，

由玄奘弟子所寫下的取經故事，再加上戲曲和小說的增染，唐三藏往西天取經的故事，早已流傳民間，而且加入了許多想像和神怪的部分。到了明代，吳承恩總其成，寫成一百回的《西遊記》。

內容與特點

《西遊記》是非常特別的一部中國古典小說。形式上是小說，有點像寓言，又有點像神話；內容思想則兼具儒、釋、道三家，因此適合不同身份和階層的人閱讀，贏得百姓和士人的普遍喜愛。全書寫唐僧（玄奘）與孫行者（悟空）、豬八戒（悟能）和沙僧（悟淨）四師徒往西天取經，途經九九八十一難的故事。從藝術特色看，首先是全書充滿想像成分，例如女兒國、火焰山等，故事情節引人入勝，讀來新奇有趣。更值得注意是書中的幽默感和諷刺性，書中寫天宮地府、妖魔鬼怪，無一不是在可觀的外表下，有着自私或害人的心計，即如主角悟空和唐僧，作者也有意寫出一個狂妄桀驁，一個迂腐猶豫。魯迅評此書說：「神魔皆有人情。」可謂一語中的。書中借取西經一事，貫穿寄託着追求真理良善，不朽不退的精神，亦令全書的思想意旨變得深刻動人。

順帶一提，和《西遊記》大約同時，尚有一部由許仲琳（1560？－1630？）所寫的神魔小說《封神演義》。此書亦是一百回，以姜子牙為中心人物，描寫紂王暴虐，武王起兵反周，出現不少神魔妖怪，各有匡助，最後武王成功，紂王自焚，姜尚封神而完結。此書想像豐富，內容誇張大膽，塑造

大批神魔，成為民間廣泛流傳及其後小說和戲曲的素材，例如哪吒和外形獨特的雷震子，都流傳至今天，甚至建廟供奉，澳門就有兩座哪吒廟。

《金瓶梅》

《金瓶梅》的作者是蘭陵笑笑生，這當然是化名，也因為沒有真實具體名字，所以歷來惹起許多猜測和爭論。此書以《水滸傳》中西門慶的行徑為線索，發展成書，敍述他勾結官府、結交盜匪、發橫財、獵美色等卑污行徑，藉此揭露社會和人性的陰暗面。

內容特點

在中國小說史上，此書有三點值得注意。首先，它是中國第一部文人獨立創作的長篇小說，在此之前，如《三國演義》、《水滸傳》和《西遊記》等，都屬於集體型創作的「累積型小說」，即故事流傳數百年，作者總其成，經整理、修補、增刪而成書。可是《金瓶梅》卻是個人創作，雖然人物部分來自《水滸傳》，但絕大部分情節是作者個人創作。從此書，清楚看到中國小說發展至明代中葉，已經有強烈的藝術獨創意識和水平。

其次，小說以現實社會和家庭生活及倫理為題材內容，不再像《三國演義》、《水滸傳》和《西遊記》，不寫不出世的英雄或神魔妖怪。最後，是第一次大批地在同一部小說中塑造和描繪社會上不同的角色和階層，包括土豪惡霸、

潑皮無賴、道士僧侶、龜鴇妓女、幫閒流氓、奴僕優伶等，而且都入木三分，各有面目。再加上此書結構完整，細節深刻，語言傳神精練，是一部值得注意的作品。

這部小說中有色情描繪的部分，因此歷來受到非議，一般在中學階段，也不會推薦予年青人。這些部分與全書未見有機結合，確是作品的瑕疵所在。賞析作品，本就應是其所是，非其所非。如有人以《金瓶梅》為名著也含有這種描寫文字，就推論這種文字的存在價值，那是偷樑換柱的詭辯，只為了顛倒黑白，同時反映了低下的鑒賞水平。東吳弄珠客（生卒不詳）在《金瓶梅序》中說：「讀《金瓶梅》而生憐憫心者，菩薩也，生畏懼心者，君子也，生歡喜心者，小人也，生效法心者，乃禽獸耳。」可謂有見識地指出了不同水平和層次的讀者，欣賞這部中國名著的分野所在。

戲劇

除了小說，明代戲劇也是中國古代戲劇史重要的發展階段。元代以雜劇為主流，但同時在南方，也漸漸出現以南方曲調演唱為主的南戲；到了明代，雖然仍然有不少人創作雜劇，也有如徐渭（1521－1593）的成功作者和不同的作品，不過隨着戲劇發展，加上創作的主體重新落入士大夫階層，於是內容和體制都產生了轉變，藝術成就和影響力都大不如元代，與此同時，南戲亦發展成為明清最重要的戲劇形

式——傳奇。

傳奇

　　元末明初，雜劇勢力稍衰，南戲經典之作《琵琶記》亦於此時面世，一時盛傳，確立了發展和轉變之勢。此外，有所謂「荊（釵記）、劉（知遠白兔記）、拜（月亭）、殺（狗記）四大傳奇」，都是明初重要的戲劇作品。明中葉有梁辰魚（1519－1591）的《浣紗記》、李開先（1502－1568）的《寶劍記》和無名氏的《鳴鳳記》，萬曆（1573－1620）以後，明代文學展現燦爛的發展，戲劇方面，則以湯顯祖（1550－1616）的出現，產生了最大的影響。

湯顯祖

　　湯顯祖，巧合地與英國天才戲劇家莎士比亞（William Shakespeare, 1564－1616）同時期。他是江西臨川人，後世亦有稱之為湯臨川。他是中國古典文學中最重要的戲曲作家，有大量詩文傳世，但為後世所盛傳不衰的是戲劇作品「臨川四夢」，包括《紫釵記》、《牡丹亭》（又名《還魂記》）、《南柯記》和《邯鄲記》。

《牡丹亭》

《牡丹亭》由內容思想到曲辭文采，均達到極高的藝術水平，成為中國古典戲曲中的瑰寶。且引其中最為人稱頌的《驚夢》一齣，其中幾段優美典雅的曲辭文字作例證：

【步步嬌】（旦）嫋晴絲吹來閒庭院，搖漾春如線。停半晌、整花鈿。沒揣菱花，偷人半面，迤逗的彩雲偏。

【醉扶歸】（旦）你道翠生生出落的裙衫兒茜，亮晶晶花簪八寶填，可知我常一生兒愛好是天然。恰三春好處無人見。不提防沉魚落雁鳥驚喧，則怕的羞花閉月花愁顫。（貼）早茶時了，請行。（行介）你看：畫廊金粉半零星，池館蒼苔一片青。踏草怕泥新繡襪，惜花疼煞小金鈴。（旦）不到園林，怎知春色如許！

【皂羅袍】原來姹紫嫣紅開遍，似這般都付與斷井頹垣。良辰美景奈何天，賞心樂事誰家院！恁般景致，我老爺和奶奶再不提起。（合）朝飛暮倦，雲霞翠軒；雨絲風片，煙波畫船——錦屏人忒看的這韶光賤。

《牡丹亭》的內容

《牡丹亭》寫成於 1598 年，一出現就轟動了當時整個文壇。此劇的情節以話本小說《杜麗娘慕色還魂》為基礎，

寫杜麗娘為追求自由愛情，死而復生的愛情故事。此劇塑造了杜麗娘這重要的人物形象，她從小長在森嚴家教中，父親管教極嚴，有古板迂腐的塾師陳最良作塾師。杜麗娘在遊園時唱出：「原來姹紫嫣紅開遍，似這般都付與斷井頹垣。良辰美景奈何天，賞心樂事誰家院！」「一生兒愛好是天然。恰三春好處無人見。」這簡直是唱出了理學盛行，整個明代不少人的共同心曲。這是《牡丹亭》非常重要的藝術成就，加上全劇曲辭優美，文采動人，故事曲折新奇，情節安排恰當，如《驚夢》和《幽媾》，寫夢中相好、因情而亡，到人鬼幽歡，都體現着湯顯祖在《牡丹亭·作者題詞》中說的：「情不知所起，一往而深。生者可以死，死可以生」、「第云理之所必無，安知情之所必有邪」。表現和追尋「情」，是人的天性，對「情」的刻畫、演繹和不捨追求，使《牡丹亭》成為中國不朽的愛情故事，也使它比王實甫《西廂記》的「願普天下有情人都成眷屬」，翻進一層更深刻的思想意旨，就是愛情本質是兩個人的情感追求，必須受到尊重，享有自由。情到深處，傲視世俗，更傲視專制的明代文化思想。

　　《牡丹亭》之外，湯顯祖也寫了其他出色的作品。與他同時代的沈璟（1553－1610），寫有《博笑記》和《義俠記》等傳奇。沈璟講究音律，寫戲講究道德倫理教化，與湯顯祖說「予意所至，正不妨拗折天下人嗓子」的不重音律觀點相反，這種分歧是明代戲劇主要的兩種派別，所謂「湯沈之爭」，要留意的是這種分歧，正是千百年來，中國戲劇在形

式和技巧兩方面的重要探索和追尋。

以下簡單表列出明代傳奇和元代雜劇在體制上的主要不同之處：

	元雜劇	明傳奇
篇幅	一般是四折一楔，間有例外。	篇幅不限，可多至四五十齣。
演唱	一人獨唱。正末主唱的稱「末本」，正旦主唱的稱「旦本」。	任何角色皆可主唱，且有合唱、輪唱等變化。
用韻	一般是一折用同一套曲，一韻到底。	不限同一宮調，且可換韻，音樂結構較靈活。
語言	較多夾入方言和通俗俚語。	語文較重文采，典雅莊重。

小結

由元入明，漢人再一次統治天下，對文學最重要的影響是知識分子重新居於文化和政治的領導地位。簡單來說，知識分子以士大夫的身份擔當作家的角色，這對於整個明代的文學思潮、內容題材和思想趣味，都產生了很大的影響。另一方面，文化經濟的復興，亦令社會走向更大的階級流動，一般論者愛說明代中葉是資本主義萌芽的時期，作品的通俗和普及程度，都比唐宋兩代不同。時代思想上，明代理學大倡，而且經過明初統治者大力的思想箝制，形成相當封

閉保守的文化學術思想，所以出現了前後七子的復古理論，這情況到了明中葉，隨着社會和文學自身的發展，已經形成極強烈的追求個性解放的趨勢。提出「童心說」的李贄、三袁「公安派」、晚明小品文作者和湯顯祖等人的出現，其作品、其理論，都反映這種文學趨勢。文學發展，則章回小說的出現與成功，為下開清代二百多年小說大盛的局面，作好了準備。

▌ 大團圓結局

　　中國的小說和戲曲故事，都喜歡趨向於簡單的結局，而且這些結局往往都是「喜劇性」的，也就是我們日常愛說的「大團圓結局」。例如梁祝雖然殉情，最後會化為蝴蝶登仙；竇娥含冤，最終得到平反，總之就是「善惡到頭終有報」。有些人認為這是中國文學的俗套，也削弱了作品的藝術力量。從文學理論的角度看，這種批評有一定道理，不過「大團圓結局」的俗套，背後反映了中國文學的基本觀念。傳統的「溫柔敦厚」詩教觀念，令中國藝術的美學欣賞，始終圍繞着和諧樂觀的觀念。小說和戲曲以普羅的市井民眾為主要觀眾，民間百姓普遍相信善惡報應的因果，作為娛樂為主要功能的小說和戲曲，觀眾希望在欣賞過程中得到喜樂和安慰，而中國戲曲又多在酬神喜慶等場合演出，因此自然趨向追求「大

團圓結局」。這種美學心理是讀中國文學作品時應當認識的，也是普羅大眾從娛樂功能欣賞藝術作品時，很正常的情況，即使今天看電視和電影的一般觀眾，也是如此。

▶ 中國小說特點：情節、敘事角度

中國古代小說，主要分兩類。一類是文言筆記，另一類是白話的長（章回）短（話本）篇。兩者之中，以白話的，特別是章回的作品最多，成就最高，影響也最大。這類小說的起點是宋元話本，說話人用今天的俗語說是「講古佬」，由於這些小說最初都是這些故事的底本，因此就有了很多為「講古」而出現的特點，當後來發展成對文字藝術要求較高的小說時，這些特點仍然保留下來。例如加入詩詞、有些常用術語如「話分兩頭」、「看官」、「欲知後事如何」等。因為原來的故事都

是為了講故事為生，於是會分開很多次來說，令聽眾每晚都來，後來就變成「章回」；情節就要着重曲折，具吸引力；由於有一人在總述故事，因此敘事角度都是「全知觀點」。這種因為「說話」而影響的中國小說特點，承傳固有文化的關係非常明顯。

▶ 借古說今

借古說今是中國文學作品非常易見的手法，在明代的小說和戲曲故事，更加容易見到。為了增加故事的委婉曲折，更為了不能直指當朝的王官權貴，文人作者往往借古事或前朝來表達、抒情，明朝作品每每喜歡借宋朝的人和事，暗寫明朝的事，這就像唐朝人喜歡用漢代史事來反映對時代的不滿。所以明代有不少宋人和宋代的故事，《水滸傳》的黑暗時代，可以如此觀；岳飛（1103－1142）、韓世忠（1089－1151）、楊家將等宋代名臣

猛將的事蹟，都大盛行於明朝，經常被寫入小說和戲曲，原因也在此。

▶ 詩社文社

詩社文社一類的組織，並非只在古典文學才出現，古今中外皆有很多同類組織存在。例如五四新文學和台灣現代詩，無論形成發展、風格特色等，都受其重大影響。中國古代的文人組織，以詩社為主。大抵上，詩社形成於唐代中後期及至五代，成熟於兩宋，到了明清兩代已遍及大江南北。詩社不但是詩人詩學和創作的交流平台，也造就詩學主張的形成與散播，對於今天研習和欣賞中國古典文學具重要的作用。例如江西詩派對宋代及以後詩歌創作影響重大，明末的復社更以文人雅聚，最後發展成為抗清的政治團體，《桃花扇》就寫到很多復社的人和事，而社中骨幹如陳子龍等，在清初文學史上更享有大名。

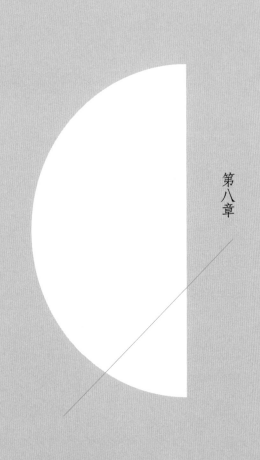

第八章

三千年的總結——清代文學

1644 年，滿洲人入主中原，建立中國最後一個王朝——清，直至宣統三年（1911），辛亥革命成功，推翻清朝，中國相沿數千年的帝制終於結束，而中國古典文學也因為白話文運動的出現和普及，漸漸不再作為文學創作最主要的途徑，成為中華文化重要遺產，具有無比巨大的參考、欣賞和學習價值。

　　清朝作為最後一個王朝，268 年的清代文學，是中國古典文學的尾聲，在各體文學都有對前朝的繼承和發展，既出現許多精彩作品，同時也是最後演練和總結集大成的階段。總結之功，首先可證之於文學理論的粲然大備。無論詩話、詞話，以至戲曲、小說，清代都出現前所未見的蓬勃景象，文學派別和理論也十分繁盛。各體文學有迴光返照的復盛，但同時亦有漸漸開到荼蘼，尋找變化發展的方向和途徑，向新文學的時代和局面發展。

　　清兵入關，曾進行屠殺和鎮壓，史稱「揚州十日」、「嘉定三屠」，經濟和文化飽受摧殘。思想文化上，遺民逸士一直以反清復明為志，這種情況一直要到康熙統一全國之後，才逐步安定下來。要一提的是，清初文字獄大盛，遂令許多文人士子埋首向考據訓詁之學，乾隆（1736－1796）、嘉慶（1796－1821）兩朝更是蓬勃，這對文學，特別是清代的詩文發展，有很大影響。

散文

　　面對國破家亡，明清之際出現幾位懷抱民族氣節的散文大家，包括黃宗羲（1610－1695）、顧炎武（1613－1682）及王夫之（1619－1692），文章學術，深刻忠節。之後有清初散文三大家，分別是侯方域（1618－1654？）、魏禧（1624－1680）和汪琬（1624－1691）。

桐城派

　　不過，清代最重要的散文流派是中葉後興起的「桐城派」，主要人物是方苞（1668－1749）、劉大櫆（1698－1779）和姚鼐（1732－1815）。由於他們都是安徽桐城人，遂以此得名。此派理論由方苞開始，提出「義法」的文論主張。「義」是「言有物」；「法」是「言有序」，所以也在強調寫文章要兼具內容和形式技巧，不過他所重視的內容是儒家思想。他的文論經劉大櫆補充後，到姚鼐時發揚光大。

　　姚鼐提出「義理、考據、文章」合一，思想上守着程朱理學的正統觀念，崇尚清真雅正的風格。整體而言，桐城派散文簡淡雅潔，有獨特的風格面目，雖然沒有宏偉的氣魄規模，而且受清代考據風氣大盛的影響，「徵實」味道略重，影響了文學性，比起先秦和唐宋的古文成就較低，可是作為

古典散文的總結時期，對自清代及往後散文的寫法和發展，都有重要的影響。

小說

繼承明代文學的發展，清代最主要的文學成就在小說，可以說是中國古典小說的黃金時代，特別是長篇章回小說出現了《紅樓夢》和《儒林外史》，文言小說則有中國文言小說的巔峰之作《聊齋誌異》。無論是文言或白話、長篇或短篇，中國古典文學中最高藝術水平的小說作品，都出現在清代。

小說的題材

清代小說基本上是文人創作，這與明代小說不同，也是非常重要的進步。明代小說中，除了《金瓶梅》之外，大都有流傳故事為藍本。清代小說除了加強原創性，主題內容亦已集中在現實生活，不再像過去一樣只描寫超凡的英雄豪俠，或是重要的政治人物和神魔怪妖，而是把目光投向日常生活和家庭倫理，反映現實社會和人生，小說中的主角也變成社會上各式階層，晚清出現描寫妓女生活的狹邪小說，如魏子安（1818－1873）《花月痕》、俞達（？－1884）《青樓夢》、《品花寶鑒》和《海上花列傳》；另外亦有公案與俠義

小説，例如《施公案》和《三俠五義》；光緒（1875－1909）末年，國勢衰微至極點，清亡前的十年間，出現了以尖銳筆墨揭露官場和社會黑暗的所謂「清末四大譴責小説」，分別是：李伯元（1867－1906）的《官場現形記》、吳趼人（1866－1910）的《二十年目睹之怪現狀》、劉鶚（1857－1909）的《老殘遊記》和曾樸（1872－1935）的《孽海花》，雖然寫來算不上非常深刻，但作者希望藉小説匡時弊以救家國，在當時影響很大，也可以説是中國古典小説，最後一批值得注意的作品。

《紅樓夢》

　　《紅樓夢》是傳統小説中，公認藝術成就最高的一部，一直以來，許多學者都把它作為一門高深學問來研究，故有所謂「紅學」。作者曹雪芹（1715？－1763），字夢阮，名霑，雪芹是他的別號。曹家自曹雪芹曾祖開始任江南織造，雖官階不高，但由於負責為宮廷採購和擔當耳目角色，因此很多人願意巴結，所以曹家一直都顯貴榮華。曹雪芹自小是富家公子，享盡浮奢，過的完全是貴冑公子的生活，也受到良好的教育。雍正（1723－1736）初年，曹家獲罪而遭抄家，舉家遷回北京，曹雪芹從此過着貧苦的生活，一直至後來移居北京西郊，因幼子夭亡，過度憂傷，貧病無醫而逝。由家境榮華到沒落，最後潦倒不堪，令他在創作和人生感遇

上，產生很大的改變，由追憶而產生盛衰榮枯的慨歎。

《紅樓夢》描寫賈寶玉和林黛玉的愛情故事，當中穿插賈家這一貴族家庭由盛轉衰的經過。現存版本共一百二十回，曹雪芹生前完成了前八十回，後來由高鶚據殘稿續寫後四十回。《紅樓夢》問世後，一直極受歡迎。光緒、道光（1821－1851）年間，更有「開談不說《紅樓夢》，縱讀詩書也枉然」的話流傳。

《紅樓夢》的人物描寫

雖然研究《紅樓夢》的人，會從不同角度理解和探討，但《紅樓夢》作為一部文學作品，之所以有如此高度的藝術價值和地位，還應該從它的文學技巧來分析。首先是人物形象塑造技巧也達到前未曾有的藝術高度，《紅樓夢》成功塑造和描寫了眾多的人物形象，不但鮮明飽滿，而人人面目不同。例如書中描寫了很多少男少女，很多都是出身年齡相近，要一一描寫，各有面貌，並不容易，曹雪芹就能把各人都寫得具體可感，例如成熟得體的襲人、獨特重義的晴雯。這種細膩的描寫，在其他出色小說如《水滸傳》等，均未達到如此水平。

人物描寫的例子

下引第五十二回「俏平兒情掩蝦鬚鐲，勇晴雯病補雀金裘」的一個片段，看曹雪芹描寫人物的高超技巧：

晴雯聽了半日，忍不住翻身說道：「拿來我瞧瞧罷！沒個福氣穿就罷了。這會子又着急。」寶玉笑道：「這話倒說的是。」說着，便遞與晴雯，又移過燈來，細看了一會。晴雯道：「這是孔雀金線織的，如今咱們也拿孔雀金線，就像界線似的界密了，只怕還可混得過去。」麝月笑道：「孔雀線現成的，但這裏除了你，還有誰會界線？」晴雯道：「說不得我掙命罷了。」寶玉忙道：「這如何使得！才好了些，如何做得活。」晴雯道：「不用你蝎蝎螫螫的，我自知道。」一面說，一面坐起來，挽了一挽頭髮，披了衣裳，只覺頭重身輕，滿眼金星亂迸，實實撐不住。待要不做，又怕寶玉着急，少不得恨命咬牙捱着。便命麝月只幫着拈線。晴雯先拿了一根比一比，笑道：「這雖不很像，若補上，也不很顯。」寶玉道：「這就很好，哪裏又找俄羅斯國的裁縫去！」晴雯先將裏子拆開，用茶杯口大的一個竹弓釘牢在背面，再將破口四邊用金刀刮得散鬆鬆的，然後用針紉了兩條，分出經緯，亦如界線之法，先界出地子後，然後依本衣之紋來回織補。織補兩針，又看看，織補兩針，又端詳端詳。無奈頭暈眼黑，氣喘神虛，補不上三五針，便伏在枕上歇一會。寶玉在旁，一時又問：「吃些滾水不吃？」一時又命：「歇一歇。」一時又拿一件灰鼠斗篷替她披在背上，一時又命拿個：「拐枕與他靠着。」急得晴雯央告道：

「小祖宗！你只管睡罷。再熬上半夜，明兒把眼睛摳摟了，怎麼處！」寶玉見她着急，只得胡亂睡下，仍睡不着。一時只聽自鳴鐘已敲了四下，剛剛補完，又用小牙刷慢慢的剔出絨毛來。麝月道：「這就很好，若不留心，再看不出的。」寶玉忙要了瞧瞧，笑說：「真真一樣了。」晴雯已嗽了幾陣，好容易補完了，說了一聲：「補雖補了，到底不像，我也再不能了！」「嗳喲」了一聲，便身不由主倒下。

作者就是經常在這種細密描寫中，將人物的性格和情感、人物間的關係和心理狀態，以至周遭的氣氛都描繪得具體可感。描寫生活的細節，對人性有細微的展露。巨大的生死禍變，非一般的遭遇，在《紅樓夢》中其實並不多，反而是一個綴一個的生活鏡頭和畫面，交織成血肉動人的故事，人性和感情、興衰的無奈都刻畫得具體深刻，讀者油然產生步向幻滅的喟歎，這種藝術水平和感染力，在中國古典小說中，僅見於《紅樓夢》。

晴雯在《紅樓夢》的丫鬟中，性格獨特，直率而深情，對賈寶玉十分忠心。一個日常生活的片段，晴雯的可愛就表達得很具體，回目的「勇」和「病」就巧妙地把人物性格和描寫的情境結合，更助讀者加強對角色的感覺。細膩深刻，亦是《紅樓夢》超出其他古典小說的重要地方。敍事角度和方法，《紅樓夢》雖然用的是全知觀點，但作者善於運用人

物的心理和眼中所見來幫助表達，因此擺脫了傳統説話人的
「説故事」方式，由人物和場景直接呈現故事，產生更強的
藝術感染效果。所以魯迅在《中國小説的歷史的變遷》説：
「總之自有《紅樓夢》出來以後，傳統的思想和寫法都打
破了。」

《儒林外史》

　　《紅樓夢》之外，清代另一部成就甚高的章回小説是
《儒林外史》，作者是吳敬梓（1701－1754）。他生長於科甲
鼎盛的縉紳世家，早年也熱衷於科舉，更曾考取秀才，後來
科場不得意，再加上對世俗的貪婪勢利厭倦唾棄，漸漸看透
功名庸誤，後半生不再應科舉，晚年在貧困中度過，《儒林
外史》大抵是他五十歲前的作品。

　　《儒林外史》可以説是一部滿懷作者血淚和激憤的作
品，可是吳敬梓卻利用冷靜的筆調，描寫官場黑暗，讀書人
為科舉皓首一生。他憤恨當時讀書人熱衷於科名，除了科舉
之外，一切都不放在心上，對骨節志氣毫不經意。書中就種
種社會歪風和扭曲人性的地方，予以尖鋭的諷刺和批判。
《儒林外史》作為小説，是中國小説中少見的清醒作品，成
書在乾隆之世，其實早就為晚清後半百多年積弱作出了預
警。小説中不乏誇張的筆法，但又在情理之內，產生強烈而
深刻的諷刺效果。另外語言準確有力，描寫人物鮮明，三言

兩語即窮形盡相，因此不論思想內容和藝術技巧，都是古典小說中的優秀作品。

《聊齋誌異》

除了長篇章回小說，清代還出現了中國古典文學中最優秀的短篇文言小說集，就是《聊齋誌異》。古典文學的文言短篇小說，歷經六朝志怪、唐人傳奇，發展至宋元明三代，可謂已趨沒落，直到《聊齋誌異》出現，文言短篇小說則達到前數千年未曾有的高峰。此書近 500 個短篇故事，揭露許多人間不平，又歌頌了善良人性，更難得的是寄寓作者平生孤憤。各故事曲折離奇，立意新穎又寓意深刻。作者是蒲松齡（1640－1715），卷前有作者的《自志》，署康熙十八年（1679），可證此書寫於蒲松齡四十歲之時。蒲松齡生於書香之家，可惜科名不遂顯，大半生在家鄉以設帳教學為生，一直過着貧困不得志的生活。

他對科舉的腐朽和誤人，感受甚深，因為自己的書房叫做「聊齋」，故將著作題名為《聊齋誌異》。曾有詩云：「志異書成共笑之，布袍蕭索鬢如絲，十年頗得黃州意，冷雨寒燈夜話時。」在《自志》中他說：

才非干寶，雅愛搜神；情類黃州，喜人談鬼；
聞則命筆，遂以成編。久之……集腋為裘，妄續幽

196

冥之錄；浮白載筆，僅成孤憤之書；寄託如此，亦足悲矣！

《聊齋誌異》中的隱喻

其中一篇《葉生》，動人至深：

淮陽葉生者，失其名字。文章詞賦，冠絕當時；而所遇不偶，困於名場。……曰：「君出餘緒，遂使孺子成名。然黃鐘長棄，若何！」生曰：「是殆有命。借福澤為文章吐氣，使天下人知半生淪落，非戰之罪也，願亦足矣。」

……

見門戶蕭條，意甚悲惻。逡巡至庭中，妻攜簸具以出，見生，擲具駭走。生淒然曰：「我今貴矣。三四年不覿，何遂頓不相識？」妻遙謂曰：「君死已久，何復言貴？所以久淹君柩者，以家貧子幼耳。今阿大亦已成立，將卜窀穸。勿作怪異嚇生人。」生聞之，憮然惆悵。逡巡入室，見靈柩儼然，撲地而滅。……異史氏曰：「……嗟乎！遇合難期，遭逢不偶。行蹤落落，對影長愁；傲骨嶙嶙，搔頭自愛。歎面目之酸澀，來鬼物之揶揄。頻居康了之中，則鬢髮之條條可醜；一落孫山之外，則文章之處處皆疵。古今痛哭之人，卞和惟爾；顛倒逸群之物，伯樂伊誰？……天下

之昂藏淪落如葉生者，亦復不少，顧安得令威復來，

而生死從之也哉？噫！」

這故事沿唐傳奇《離魂記》的離魂情節，寫葉生以冠絕當時的才學，卻失意科場，所教學生輕易取勝科場，自己卻淪落半生。這故事抨擊科舉制度的不公平，也抒發了蒲松齡失意功名的憤懣。「君出餘緒，遂使孺子成名。然黃鐘長棄，若何！」「一落孫山之外，則文章之處處皆疵」，均沉痛悲憤，曲寫人間，絕非徒記鬼神故事，其用心不但明顯，而且作品的感染力甚深。

此書借鬼神和花妖狐魅的故事，反映廣闊的現實社會內容，有描寫愛情、抨擊科舉制度、批判統治者等，憑着深刻鮮明的人物形象，曲折離奇的情節和優美富表現力的語言，在當時已甚風行，影響很大，模擬的作品很多。乾隆中後期，先後有袁枚（1716－1797）的《子不語》和紀昀（1724－1805）的《閱微草堂筆記》，亦是述奇記異的短篇小說集，在文學史上也有一定地位，可是藝術成就卻絕對比不上《聊齋誌異》。

戲曲

從文學角度看，中國古典戲曲在乾隆中期之後，已經可稱完結。元代興雜劇，明代興傳奇。清代初年，尚有表達

忠奸分明的愛國思想劇作家李玉（1595？－1671？）和善寫愛情喜劇的李漁（1611－1680），李漁同時有一部重要的戲曲理論作品《閒情偶寄》。明清易代之際，更出現了一部戲曲傳奇代表作品《桃花扇》。

南洪北孔

清代初年，戲曲有所謂「南洪北孔」。「洪」是洪昇（1645－1704），代表作是《長生殿》。洪昇是窮愁潦倒的文人，曾有詩句：「七年身泛梗，八口命如絲。」傳世戲曲作品，只有傳奇《長生殿》和雜劇《四嬋娟》，其中《長生殿》寫的是唐玄宗和楊貴妃的歷史愛情故事。「孔」是孔尚任（1648－1718），代表作是《桃花扇》。《桃花扇》借明末復社文人侯方域和秦淮名妓李香君的愛情故事，側寫南明一代興亡。孔尚任在書中自云：「借離合之情，寫興亡之感，實事實人，有憑有據。」全劇人物鮮明，曲辭優美，愛情、歷史、政治糅合得自然流暢，結構縝密。結局以兩人徹悟，不再留戀情愛，擺脫傳統戲曲大團圓結局的舊套，在中國戲曲史上，相當獨特。

戲曲的發展

從康熙末年開始，各地的地方戲興起，一直至道光末

葉，出現了所謂「花雅之爭」，戲曲也從此向舞台藝術的方向靠攏和發展，和文學的關係漸遠。中國文學史上的戲曲作品，在清代「南洪北孔」之後，值得注意的已不多，例如道光年間，黃韻珊（1805－1864）寫的《帝女花》傳奇，成為後世至今天的戲曲題材。此劇在廣東沿海，特別是香港和廣州兩地，是風靡一時的作品。但從文學水平欣賞，黃氏原著是遠不及二十世紀五十年代，香港著名粵劇編劇家唐滌生（1917－1959）的改編作品。《帝女花》一劇今天在香港家喻戶曉，亦全賴唐氏的改編之功。

詩詞

清詩及詩人

清代詩人有鑒明代復古的弊病，詩歌創作上兼學唐宋兩代，也出現了不少出色詩人，留下一批有價值的詩歌。清初以「遺民詩」為主流，有顧炎武、黃宗羲、錢謙益（1582－1664）和吳偉業（1609－1672）等名家。乾隆時期，詩學極為鼎盛，最重要的詩人有袁枚、鄭燮（1693－1766）、黃仲則（1749－1783）、趙翼（1727－1814）、沈德潛（1673－1769）及蔣士銓（1725－1785）等，其中黃仲則詩歌深情宛轉，出入唐宋，成就最高。此時期詩學理論也大盛，除了反對擬古，提倡抒寫性靈，以袁枚為代表的「性靈派」外，翁

方綱（1733－1818）的「肌理派」，以學問為詩，對文壇也有很大的影響。乾隆以後詩學已漸衰頹，不過道光時期的龔自珍（1792－1841）仍然很值得注意，特別是他四十八歲時寫下的 381 首《己亥雜詩》是清詩中的重要作品。

清詞的藝術特色

至於清代詞學，在中國詞學史上，被稱為復興時代。葉恭綽（1881－1968）《清名家詞序》：

> 蓋詞學濫觴於唐，滋衍於五代，極於宋而剝於明，至清乃復興。

清詞的成就首先在詞的境界開闊了，進一步打破「詩莊詞媚」的說法，達到無意不可入，也因為題材的深度增加了，亦破除了「詞為小道」的觀念。詞人和詞派眾多，詞學理論亦大盛，單是順治和康熙兩朝，有名字留下的詞人已逾 2000 人，詞作 20000 餘首。其中不乏名家佳作，如納蘭容若、陳維崧（1626－1682）和朱彝尊（1629－1709）等人。由明末陳子龍創立的「雲間詞派」，到康熙年間的「陽羨」、「浙西」，再到嘉慶、道光年間大盛的「常州詞派」，無論從詞學理論到作品，都蔚然大盛，可見清代確是詞的復興時期，甚至是古典文學中詞學發展的鼎盛時期。

儘管如此，如果從作品的整體藝術成就來看，清代詩詞仍然無法回復到唐宋之高度。不過在舊體詩詞發展了二千多年之後，清代無論在詩人、作品和理論都達到極可觀的數目，而且取得相當的藝術水平，作為中國文學進入新文學之前的總結時代，清代詩詞仍然是值得重視的。

小結

　　從作品的成就看，清代文學只有小說一類，達到中國文學前所未有的藝術水平，無論是長篇或者短篇，無論是白話還是文言，中國古典小說的最高藝術水平作品，都出現在清代，這是清代文學在中國文學史上最重要的成就。至於其他各種文類，則或以復興姿態，如詩詞；或以體式、寫法變化的模樣，如散文和戲曲，繼續發展，完成了中國古典文學最後階段的總體面貌。此外，經過長時期的實踐、發展和積累，清代也是文學理論大盛的時期，詩話、詞話、曲話、序跋和點評等文學評論作品，可謂汗牛充棟，是今天研究中國古典文學的重要材料和理論。

古典文學的終點

　　在中國古典文學發展過程中，清代是一個很特別的時期。它既起着總結集大成的作用，又是文體轉變的時期，中

葉以後，隨着西方文化及文學觀念從不同渠道傳入，影響了中國古典文學數千年來的視野和理念，這也是歷朝文學所未見的情況。在清代，我們看到某些文體已發展至窮途，如傳統戲劇和散文；也見到走上黃金時代的古典小說，同時又有復興的詩詞，文學理論大盛，晚清在西學東來和山河危夕的形勢下，又出現了不同的面貌。各類文體中，以長篇小說的成就最大，而以文言文創作的各類文體，經過唐宋元明的歷朝發展，由盛而衰再復興都有，可謂已經開到荼蘼。隨着清王朝的滅亡，西學東來，白話文代之而為文學語言，中國文學亦正式結束了古典文學三千年歷史，步入白話文的時代。

詩話、詞話與曲話

詩話是中國古典文學中一種很特別的論詩形式,以一段段的文字評論詩作或記載詩人的故事,當中可見作者論詩的標準,兼具理論和資料兩種性質。最早的詩話是宋代歐陽修的《六一詩話》,其後南宋時期嚴羽的《滄浪詩話》,更加受到重視。詩話之外,還有詞話和曲話,這些作品在清代都達到非常繁榮昌盛的程度,其中如王國維(1877－1927)的《人間詞話》,影響深遠,很受重視。研習中國古典文學的理論,這些詩話、詞話、曲話的著作非常重要,而這也是中國古典文學評論的一大特色。

序跋和評點

除了詩話之類的評論,中國文學的許多理論和觀點看法,也可見於不同作品的序跋中。序寫在作

品之前，跋則是放在最後。古人寫書，每每喜歡在序和跋中表明自己寫作用心，對筆下話題的補充看法，有時甚至將全書的主旨立意，鮮明提要地標出。這些序跋的文字，包含了很多中國文學的理論、觀點和資料，必須注意。

至於評點，是中國小說和戲曲的一種評論鑒賞方法。評，是評論；點，則是指圈點，本來閱讀時，遇有精彩之處，在旁加上圈點。一般而言，評點就是一邊欣賞閱讀，一邊寫下評論和意見，由於這些評論精彩，就會連同作品一起印行和流傳。例如金聖歎的《水滸傳》評本、脂硯齋的《紅樓夢》評本和毛宗崗父子的《三國演義》評本等，都是著名的例子。

▶ 西方文學的影響

十九世紀中葉之後，受到鴉片戰爭引來西方文藝思潮的衝擊，

中國文學開始接受到西方文學的影響。這段時期，大量翻譯作品面世，例如林紓（1852－1924）翻譯《茶花女》和嚴復（1854－1921）翻譯《天演論》，都風行一時。雖然當時這些翻譯作品中，不管是小說或科普作品，均存有誤譯的情況，但對於晚清文學，卻有很大的影響。當時的知識分子，大量吸收西方哲學和知識理論，在作品和論著中頗多闡發，例如王國維在其著名的詞論著作《人間詞話》中，就引入了不少西方文學和哲學的思想觀念。不少西方的文學方法和理論，與傳統中國文學的視野、觀點很不同，造成新的開拓和貢獻。這種影響在進入二十世紀後，隨着現代白話文學的興盛和發展，無論是詩歌、散文、小說和戲劇，中國文學各體文類，由創作到欣賞，都有了改頭換臉的影響。

唐滌生粵劇劇本遙接中國古典戲曲

　　中國古典戲曲在清代中葉之後，可以說已無佳作出現，戲曲的焦點轉為表現在程式和其他形式方面，例如舞台、音樂、唱腔等，如果要說精彩戲曲劇本的重現，是要到五十年代在香港的唐滌生的粵劇劇本。其中包括《牡丹亭》、《帝女花》、《紫釵記》、《蝶影紅梨記》、《西樓錯夢》和《再世紅梅記》多齣名劇。這些粵劇劇本，改編自中國傳統戲曲文學名著，但能去蕪存菁，除了曲辭典雅優美，人物鮮明飽滿，結構和戲劇衝突的佈置都巧妙，達到非常高的藝術水平。可以說，古典戲曲劇本在五十年代的香港，遙遙承接了元明以來的戲曲文學，不獨是唸中國文學值得留意的地方，也是香港文學史上必須記的一筆。

附録

歷代文學作品簡表

先秦文學

韻文

作品	主要成書時期	作者	特點
《詩經》	西周初年至春秋中期	多為民間佚名作者	詩有六義：風雅頌，賦比興
《楚辭》	戰國末年至西漢初年	屈原及宋玉等	以楚語楚物楚地為對象，芳草美人喻君子

散文

說理散文

作品	主要成書時期	作者	特點
《論語》	春秋戰國期間	孔子弟子及後學	語錄體
《墨子》	春秋戰國期間	墨子弟子及後學	語錄體
《孟子》	戰國中期	孟子及其弟子	長於辯論、譬喻
《莊子》	戰國中期	莊子、其弟子及後學	多用寓言、比喻、誇張
《荀子》	戰國末年	荀子及其弟子	議論嚴謹
《韓非子》	戰國末年	韓非	議論嚴謹，論說形式多樣

歷史散文

作品	所記錄時期	作者	特點
《尚書》	堯至東周	或為史官	編年史，文字較深
《春秋》	春秋時期（東周）	孔子曾修訂	魯國編年史，微言大義，《左傳》為其傳
《國語》	西周至戰國初期	疑為左丘明	國別史（周室與諸侯國），主要記言
《戰國策》	主要為戰國時期	西漢劉向整理	國別體，戰國謀士的權謀

＊《詩經》和《楚辭》都是有音韻的文學作品，它們在時期、地域、文學特色方面有什麼不同之處？

＊試說說先秦說理散文在文體方面有何發展？

＊先秦的歷史散文中有編年史和國別史，這些寫法各有什麼優點和缺點？

漢代文學

漢賦

代表人物	特點
賈誼、枚乘、司馬相如	・大賦描寫宮廷生活，小賦長於抒情 ・辭采華麗，鋪陳誇張

漢代詩歌

除了有名的《孔雀東南飛》外，還有樂府詩及古詩十九首。

作品	作者	語言特色	內容特點
樂府詩	民間作者為主	雜言	「感於哀樂，緣事而發」
古詩十九首	文人作者為主	五言	文人失意、遊子思婦、人生無常等主題

史傳散文

作品	作者	特點
《史記》	司馬遷	紀傳體史書，「究天人之際，通古今之變，成一家之言」；獨特的看法、「太史公曰」

＊ 漢代詩歌各有成就，樂府詩被譽為上承《詩經》的現實主義精神，試列舉你認識的樂府詩，說明樂府詩如何描寫民間現實生活，表達人民感情？

* 古詩十九首是東漢文人之作，被認為是五言詩體成熟的表現。你的認識中，五言詩的形成對後來的文學發展有何影響？
*《史記》是第一本紀傳體史書，分為「本紀」、「世家」、「列傳」、「書」、「表」。你認為紀傳體史書，對於表達題材有什麼優點和缺點？

魏晉南北朝文學

建安文學（東漢末年建安年間）

代表人物	稱號	作品
曹操	三祖	《短歌行》（四言詩）
曹丕		《燕歌行》（七言詩）
曹叡		
曹植	陳王	《美女篇》（五言詩）《洛神賦》、《銅雀台賦》（賦）
王粲、陳琳、孔融等	建安七子（依附於曹氏的文人集團）	王粲《七哀》（五言詩）

魏晉南北朝曾出現題材不同的詩歌，如玄言詩、宮體詩、民歌等，但最為人討論的是山水詩。

時期	代表人物	代表作品
東晉	陶潛	《飲酒》、《移居》、《歸園田居》（五言詩）
		亦有《歸去來辭》、《桃花源記》等散文
南朝	謝靈運、謝朓	《登池上樓》、《晚登二山還望京邑》（五言詩）

文學評論

作品	作者	內容
《文心雕龍》	劉勰	總結先秦至南朝宋齊時代的文學創作、批評
《詩品》	鍾嶸	評論漢至齊梁的五言詩人，定品第，分上中下三品

駢文

作品	作者	特點
《哀江南賦序》	庾信	字數整齊（四六句）；重視平仄；好用典故

小說

志怪小說	志人小說
干寶：《搜神記》	劉義慶：《世說新語》

* 除了建安七子，魏晉南北朝仍有不少文人集團，如「竹林七賢」、「竟陵八友」，試談談你對他們的認識。
* 有說魏晉南北朝是文學自覺的時代，文學獨立於史學、哲學，綜合本書介紹，你認同此說嗎？
* 曹丕《燕歌行》被認為是第一首完整的七言詩。你的認識中，七言詩的形成對後來的文學發展有何影響？

唐代文學

詩歌

時期	作家		代表作品
初唐	初唐四傑	王勃、楊炯、盧照鄰、駱賓王	《滕王閣詩》、《從軍行》、《長安古意》、《帝京篇》等
		陳子昂	《登幽州台歌》
盛唐	詩仙	李白	《月下獨酌》、《蜀道難》等
	詩聖	杜甫	《兵車行》、《登高》等
	詩佛	王維	《鳥鳴澗》、《終南別業》等
	田園詩	孟浩然	《春曉》、《過故人莊》等
	邊塞詩	王之渙	《涼州詞》、《登鸛雀樓》
		王昌齡	《從軍行》
		高適	《燕歌行》
		岑參	《走馬片行奉送出師西征》等
中唐		白居易	《賣炭翁》、《長恨歌》等
		劉禹錫	《竹枝詞》等
	詩鬼	李賀	《李憑箜篌引》等
晚唐	小李杜	李商隱	《無題》、《錦瑟》
		杜牧	《赤壁》、《泊秦淮》

散文：古文運動

代表人物	代表作品
韓愈	《師說》、《進學解》、《諫佛骨表》等
柳宗元	《永州八記》，如《始得西山宴遊記》

傳奇小說

類型	代表作品
神怪	《枕中記》
	《南柯太守傳》
愛情	《霍小玉傳》
	《鶯鶯傳》
俠義	《虬髯客傳》

＊ 除了上述的文體，唐代還出現了「變文」，以說唱的方式向民眾宣傳佛教。你認為說唱的方式有沒有影響以後的小說發展？為什麼？

＊ 有名的唐詩很多，比如說李白的《靜夜思》就家傳戶曉。你喜歡哪一首唐詩？為什麼？

＊ 唐宋古文運動的主張是什麼？這些主張跟當時的環境和以前的文學發展有什麼關係？

宋代文學

詞

時期	代表人物	代表作品
北宋初年	柳永（婉約派）	《八聲甘州》、《雨霖鈴》
	歐陽修	《蝶戀花》
北宋中期	蘇軾（豪放派）	《念奴嬌‧赤壁懷古》、《水調歌頭‧明月幾時有》等
	秦觀（婉約派）	《鵲橋仙》
北宋、南宋期間	李清照	《一剪梅》、《聲聲慢》、《如夢令》
南宋	辛棄疾（豪放派）	《青玉案》、《破陣子》、《水龍吟》
	姜夔（格律派）	《揚州慢》

＊ 宋代以前較有名的詞人：南唐李煜。

詩

時期	重要流派／代表人物
北宋初年	西崑體（楊億、劉筠、錢惟演）
北宋初年至中期	歐陽修、曾鞏、王安石、三蘇（蘇洵、蘇軾、蘇轍）
北宋中期	江西詩派（黃庭堅）
南宋	陸游

散文：古文運動

代表人物	代表作品
歐陽修	《醉翁亭記》
王安石	《傷仲永》
范仲淹	《岳陽樓記》
三蘇（蘇洵、蘇軾、蘇轍）	蘇洵《六國論》、蘇軾《記承天寺夜遊》

* 在唐宋古文運動中，素有「唐宋古文八大家」之說。他們分別是哪些作家呢？你喜歡他們哪些作品？為什麼？

* 宋代有不少有名的詞作，你比較喜歡哪一首？為什麼？

* 除了上述文體，宋代開始出現了話本小說，以說唱口語來說故事，這對以後的白話小說有什麼影響？

元代文學

曲

雜劇

代表人物		代表作品
元曲四大家	關漢卿	《竇娥冤》、《望江亭》、《單刀會》
	白樸	《梧桐雨》
	馬致遠	《漢宮秋》
	鄭光祖	《倩女離魂》
王實甫		《西廂記》
紀君祥		《趙氏孤兒》

散曲

代表人物		代表作品
關漢卿	套曲	《前調·不伏老》
馬致遠	小令	《越調·天淨沙·秋思》
	套曲	《雙調·夜行船·秋思》

元代末年，張可久及喬吉被稱為「散曲雙璧」，亦著名於創作散曲。

* 元代除「曲」外，詩文小説都較為失色，你認為原因何在？
* 根據你的認識，元雜劇和現在的戲劇在角色、台詞、動作各方面有何相同相異之處？
* 元曲與宋詞都是入樂的文體，兩者在題材、表現方式兩方面，有什麼相同相異之處？

明代文學

詩文

流派	時期	代表人物	風格
台閣體	明代永樂、天順年間	楊士奇、楊榮、楊溥	歌功頌德、雍容典麗
茶陵派	明代成化、正德年間	李東陽	
擬古	明代弘治、正德年間	前七子：李夢陽、何景明等	模仿：文必秦漢、詩必盛唐
	明代嘉靖、隆慶年間	後七子：李攀龍、王世貞等	
唐宋派	明代嘉靖年間	茅坤、歸有光等	提倡獨創
公安派	明代末年	袁宗道、袁宏道、袁中道	獨抒性靈，不拘格套
竟陵派	明代末年	鍾惺、譚元春	幽深孤峭

小說

白話短篇小說

作品	作者
三言：《喻世明言》、《警世通言》、《醒世恆言》	馮夢龍（纂輯）
二拍：《初刻拍案驚奇》、《二刻拍案驚奇》	凌濛初（編著）

長篇小說（章回小說）：四大奇書

作品	作家
《西遊記》	或為吳承恩
《水滸傳》	或為施耐庵
《三國演義》	或為羅貫中
《金瓶梅》	蘭陵笑笑生

戲劇

重要戲劇形式	代表作品
傳奇（南戲）	「荊、劉、拜、殺」（《荊釵記》、《劉知遠白兔記》、《拜月亭》、《殺狗記》）及《琵琶記》等

重要作家	湯顯祖	作品：臨川四夢（《紫釵記》、《牡丹亭》、《南柯記》、《邯鄲記》）

* 你能說說章回小說的形式特點嗎？（提示：分章分回、配以回目⋯⋯）

* 你有沒有聽過四大奇書中的故事和人物？你喜歡哪一位人物，哪一個故事？

*《紫釵記》、《牡丹亭》等劇目直至今日也時有演出，白先勇就曾製作青春版《牡丹亭》。你認為這些文學作品為什麼會被流傳下來？

清代文學

散文

流派	代表人物	風格
桐城派	方苞、劉大櫆、姚鼐	文辭精巧 內容合道德標準、充實準確 姚鼐:義理、考據、文章皆重

章回小說

作者	作品	內容
曹雪芹	《紅樓夢》	賈寶玉與林黛玉的愛情故事,賈家(貴族家庭)由盛轉衰的經過
吳敬梓	《儒林外史》	描寫官場黑暗、讀書人科舉失意

戲曲

作者		作品
南洪北孔	洪昇	《長生殿》
	孔尚任	《桃花扇》
黃韻珊		《帝女花》

詩歌

時期	代表人物		
清初	顧炎武、黃宗羲		
乾隆年間	袁枚、鄭燮、黃仲則、趙翼、沈德潛、蔣士銓		
	詩學派別	性靈派	袁枚
		肌理派	翁方綱
道光年間	龔自珍		

＊《紅樓夢》是家傳戶曉的文學作品，其中包括不少人物。你認為小說可以用什麼方式塑造人物？試以《紅樓夢》內容舉例。

＊ 桐城派主張散文內容要合道德標準、充實準確，而文辭要精巧，你認為對你在寫作上有什麼幫助？試以自己的創作經驗為例。

再版後記

　　《一本讀懂中國文學史》能夠再版，欣喜夾着感恩，感受很特別。

　　寫作的人有一種陳腔，説每一部著作都是自己的孩子，都愛護珍惜。這樣的描述當然準確，筆下文字，出現在人生中不同的階段和崗位，有着不同的身影、心力、期望和熱情，的確是我們一縷縷牽繫難斷、骨肉相連的感情，不容易也不必強梳硬理。如果真是這樣，我只希望這純真的孩子——《一本讀懂中國文學史》，混在他的兄弟姊妹中成長，能夠平安穩順，在撕裂而不相信情感與道德的時代，少遇到一些冷眼。「但願生兒愚且魯，無災無難到公卿」，蘇軾歷盡浮生的一聲低吟，原來也是我祝福中國文學的長夜呢喃！

　　文學世界深邃而大美，「懂」的境界不知如何説起，要「一本讀懂」，更談何容易。數年過去，我仍只願謙虛戮力，

篇幅不敢貪多，也力求深入淺出。這次再版，內容上沒有很多改動，只修訂了一些字詞文句，在元明兩朝代各補上一段文學小知識。要談寫作動機，於我，初心沒有改變，仍然只是希望寫一本年青人願意讀，也讀得懂的文學史。

　　無論如何，再版，感謝出版社和讀者，特別是給予我不少支持鼓勵的老師和同學。感恩之餘，我也滿懷欣喜，至少說明文學教育的前線，不管是士氣或材料資源，還在歡迎和需要多一些關懷與參考。這說明我們的時代，仍然需要文學。

　　文學、文學科、文學教育，路仍然漫長。

　　只要路上有人，就不會孤單！

策劃編輯	梁偉基	

責任編輯　林澧珊　程豐餘　許正旺

書籍設計　吳冠曼

書　　名　一本讀懂中國文學史（增訂版）

著　　者　潘步釗

出　　版　三聯書店（香港）有限公司

　　　　　香港北角英皇道 499 號北角工業大廈 20 樓

　　　　　Joint Publishing (H.K.) Co., Ltd.

　　　　　20/F., North Point Industrial Building,

　　　　　499 King's Road, North Point, Hong Kong

香港發行　香港聯合書刊物流有限公司

　　　　　香港新界荃灣德士古道 220-248 號 16 樓

印　　刷　美雅印刷製本有限公司

　　　　　香港九龍觀塘榮業街 6 號 4 樓 A 室

版　　次　2013 年 11 月香港第一版第一次印刷

　　　　　2021 年 2 月香港增訂版第一次印刷

規　　格　大 32 開（132 × 210 mm）232 面

國際書號　ISBN 978-962-04-4773-0